集英社オレンジ文庫

透明人間はキスをしない

猫田佐文

本書は書き下ろしです。

Contents

透明人間はキスをしない
Visible from anywhere,
Invisible to anyone

僕は透明人間だ。

（中略）みんな僕を見ることを拒むんだよ。

ラルフ・エリスン『見えない人間』より

その冬、俺は風と出逢った。


十二月の神戸《こうべ》は例年通り寒かった。

すっかり日が落ちた三宮《さんのみや》駅前をたくさんの人々が行き来する。

俺はスマホで音楽を聴きながら人混みの中をぼんやりと歩いていた。

気づいたら今になっていた。ふとそんな感覚に陥《おちい》った。

今の今まで眠っていて、ようやく起きたような気分だ。

振り返ると十八年も生きてきたのに俺の人生にはびっくりするほど中身がなかった。

みんなと同じ小学校に行き、みんなと同じ中学校に行き、みんなと同じ高校に通う。

今はみんなと同じ大学に行くため、親の勧めで通っている予備校に向かってる最中だ。

冷静になれば不思議だった。選ぼうと思えば色んな選択肢があったはずなのに、それら全てが見えてなかったような気さえする。

だけどそれは自分のことが分かっていたからでもあるんだろう。特別な才能はないし、容姿だって平凡だ。熱中できる趣味も、他人に語れる夢もない。

空っぽだった。一応人の形はしているけど中身はなにも入っていないのかもしれない。

この虚《むな》しさを埋めるためのなにかを探そうとしても、出会う予感なんて微塵《みじん》もなく、このままの人生が続くだろうという経験からくる予測だけがあった。

俺には自分の未来がなにも見えなかった。やりたいことも、行きたい場所もなにもない。

それでも時間は進むし、歳を取る。流れに逆らいたい気持ちはあったけどきっかけがなかった。家族も友達も帰る家もあるのに、突然迷子になったような錯覚に陥《おちい》る。

寒々とした風が吹いた。

マフラーを口元に持っていきながら周りを見ると予備校を目指す学生達が歩いていた。

彼らだけじゃない。周りにいるサラリーマンやＯＬもみんな疲れた顔をしている。

自分を磨り減らしながら生きてきた足取りをしていた。

きっとこの中の一人が世界から消えたって誰も気にしないだろう。

それと同じで俺がいなくてもこの世界にはなんの支障も出ない。

この世界の誰も俺を見ていない気が、誰も俺を必要としていない気がした。

溜息が出た。理由はない。ただ、虚しくなった。

俺はなんの為に生きているんだろう？

街に飾られた広告板には芸能人や有名スポーツ選手の顔が並んでいる。

この人達はみんな若い時から自分のやりたいことを見つけて、夢に向かってがんばってきた。才能もあっただろうけど努力もしたはずだ。

だけど彼らには見つけられたなにかが俺には見つけられなかった。

だから今も誰かが用意した借り物の人生を歩んでいる。自分で選んだのか選ばされたのか分からない人生をだ。

まるで見えないなにかに記号でも当てはめられた気分だった。今は高校生で受験生。次に大学生。そして就活生ときて最後はサラリーマンだ。

俺はきっと律儀にその記号らしい振る舞いを続けるだろう。それらしく楽しみ、それらしく悩み、それらしく生きていく。決して枠の中からはみ出さない人生が続いていく。

でもだからと言って自分でなにかを見つけてくることもできない。この悩みも受験生らしさを演出するための一環なのかもしれないと思う自分がいる。

あてもなくどうすればいいのか分からないままここまで来ていた。

答えのない疑問を胸に俺は歩道橋の階段をのぼっていく。

歩道橋の上ではみんなが誰に言われるわけでもなく、流れを作り、それに乗っていた。既に前方へ進む流れと、後方へ進む流れができあがっている。

俺はなんの躊躇《ちゅうちょ》もなく目の前の流れに乗り、眠そうなサラリーマンや、スマホを見つめる女子高生の群れに合流する。

きっと流れに乗らなければまた別の人生が待っているんだろう。

だけど流れから外れる勇気も、それをするだけのなにかも俺の人生には足りなかった。

大きな流れに身を任せるだけの空虚な十八歳がそこにはいた。

「…………え？」

声が出た。同時に足が止まる。そのせいで後ろから歩いてきたＯＬにぶつかられた。

それでも俺は足を止めたままだった。

視線は歩道橋の欄干に釘付けになっている。

訳が分からなかった。

欄干の上に女子高生が立っている。

いや、それも十分訳が分からないけど、なにより理解不能なのは他の誰も彼女に気付いてないことだ。

俺以外の誰もその女子高生を見てなかった。

いや、見えてなかった。

俺からの視線も気にせず、少女はそよ風の中で夜空を見上げ、微笑んでいる。

ついに俺はおかしくなったのか？　少女の幻覚を見るほど疲れてるのか？

分からない。

分からないけど、この景色の中に俺が欲しい全てが詰まっている気がした。

一話

朝。目が覚めても不思議な気分は継続されていた。

昨日見た女の子のイメージが瞼《まぶた》の裏にくっついて離れない。風に揺れる黒い髪。健康的な肌。大きく、そして力強い瞳。その指先までもがはっきりと思い出せるほどだ。

なのに、彼女が見えていたのは俺しかいなかった。

「……なんだったんだ?」

俺は自室の窓から外を見つめた。神戸《こうべ》市の郊外にある二階建ての一軒家からは枯れた木が見える。その向こうには晴れ渡った空が広がっていた。今朝も昨日と同様に寒かった。

いつもと同じ朝なのに、なにかが違う。でもそのなにかが分からないから気持ちが悪い。

俺はベッドから降り、ワイシャツの上にパーカーを着ながら昨日のことを思い返す。

あの後のことだ。女の子に釘付けになっていた俺はハッとした。あの子の着ていた制服が俺の通っている高校のセーラー服だったからだ。

顔は見たことないから同級生ではないだろう。いくら俺が薄情でも後輩が飛び降り自殺しようとしているところを見て止めないほどじゃない。

俺は慌てて女の子に歩み寄った。だけど人の波が邪魔をして中々近づけない。

それでもなんとかあと数メートルというところまで辿り着いた。その時だ。

少女は俺の視線に気付いてこっちを見た。今でも覚えてる。あの微笑に含まれていた哀愁と快活さを。相反する感情が完全に同居していた。

楽しいのに寂しい。喜んでいるのに泣きそうな、そんな微笑だった。

俺が「おい。危ないぞ」と言いかけると、目の前に人の流れがやってきてほんの数瞬女の子が見えなくなる。ようやく視界が開けた時には彼女はどこにもいなかった。

ゾッとした。落ちたと思ったからだ。俺はすぐに女の子が立っていた場所まで走って行き、道路を見下ろした。

そこにあったのは血を流した少女の死体、ではなく、ただ車が走る光景だけだった。

それからいくら探しても彼女がどこに行ったのか分からなかった。

あれから俺が考えた可能性は三つだ。

第一に幽霊だった。第二にトラックの荷台に飛び降りた。第三に幻覚だった。

第一の場合は単純に怖いし、第二の場合もぶっとびすぎていて怖い。第三の場合なら、もう少し自分を大事にしようと思う。

だけど現実はテストみたいに答え合わせができるわけじゃない。

「分からん……」

俺は朝食を食べながらそう呟《つぶや》いた。うちは和食中心だから、今朝のメニューは白米に味噌汁。そして目玉焼きと納豆だ。あと俺の好きなイカナゴのくぎ煮が置いてある。

テーブルの対面に座る父さんはコーヒーを飲み、テレビのニュースを見ながら尋ねた。

「なにが分からない？　テストか？」

父さんの中の俺は受験勉強しかしてないらしい。

「……いや。べつに」

「模試はどうだった？　国立には行けそうか？」

「……ギリギリのとこかな」

「なら頑張れ。ここで頑張れない人間はいつになっても頑張れないぞ」

俺は返事をしなかった。何度も聞かされてる話だ。

俺は天才じゃない。公立高校に通うただの十八歳だ。人に誇れる特技も、女の子から黄色い声援をおくられるルックスも持ち合わせてなかった。

さらに言えば夢もない。なら今の俺にできることは勉強して、少しでも良い大学に入って、父さんみたいに働くことだ。

俺は会話が面倒になって暗記用のカードに目線を落とした。

だけどいくら勉強しても俺がしたいことはなんなのか。それは見えてこない。未来が。将来が。まったくと言っていいほど白紙だった。

俺はどこに向かってるか分からないにもかかわらず不自由でもある。今日だってびっしりとスケジュールが組まれていた。

今から学校へ行き、授業を受け、放課後は自習室で勉強し、時間になったら予備校を目指す。電車に乗ってる間も予習復習をして、受験対策を受け、家に帰っても勉強だ。

その中に、俺のやりたいことは一つもなかった。

きっとそれは大学生になってもそうで、就職してからも同様だろう。

ただ生きてるだけだ。それが悪いわけじゃない。だけど、たまに生きてる理由が分からなくなる時がある。

きっと十年後も、二十年後も、三十年後も、気付いたら今になってる。それまでの過程を振り返ればびっくりするほどあっさりしているはずだ。

そんな予感がまた俺に小さなため息をつかせた。

朝食を食べ終え、学校に行く準備をすると母さんがニコニコしながら弁当を持ってきた。

「はい。迅《じん》。縁起がいいようにタコさんウインナー入れといたから」

「……どうも。じゃあ行ってくるよ」

俺はげんなりしながら弁当を鞄に入れて家を出た。

どうやら夜に雨が降ったらしい。草木がしっとりと濡れ、雨粒を朝陽が照らしている。

今では雨もすっかりあがり、世界はキラキラと輝いていた。まるで世界が生まれ変わったような綺麗な風景だ。

だけどそれを見ても俺の気持ちが晴れることはなかった。


神戸は山側と海側の二つに分けられる。

山側は六甲山《ろっこうさん》に近い方で、海側は瀬戸内海に面していた。俺が通っている公立高校は山側にあり、徒歩で十五分の場所にある。小高いところにあるから遠くからでもよく見えた。

幾度となく歩いたこの道も、もうすぐ見納めかと思うと少し寂しくなる。

一方で大学に通えばまた四年間は別の通学路があって、就職すれば通勤路がある。

これからもただ繰り返し往復するんだ。道を逸れることなく、何度も。

人間ってやつはきっと、とても狭い世界でその一生を終えるんだろう。

それが誰かについていく人間の人生だ。イヤなら自分で考えて動かないといけない。それが楽じゃないから、なによりそうする以外知らないから俺達は誰かについていく。

住宅街を抜けた俺の前に四人組の小学生が歩いていた。一番後ろを俯《うつむ》きながら黙って歩く野球帽をかぶった男の子がいる。あれは俺だと思った。

反応はするが、行動はしない。いつも黙って誰かの背中を追い続ける。

踏切に差し掛かり、俺と小学生は分断された。目の前を電車が通り過ぎていく。四月からは俺もあれに乗って通学することになるだろう。通勤ラッシュを考えると辟易《へきえき》した。

電車が走り去り嘆息すると俺は目を見開いた。前を歩く小学生の数が三人に減っている。黙って後ろについていた男の子が消えていた。なのに周りは気付かず談笑している。

どこか横道に逸れたんだろうか。それとも……。

昨日と同様に様々な可能性が出てきた。それでも大抵の人間が他人の心配より自分の予定を優先するように、結局俺はその子を探すことをしなかった。

校舎を目指して曲がりくねった坂を登っていくと冬なのに汗が出てくる。

坂を登り切ると俺は学生の流れから離れた。これだけでも俺にとっては勇気がいる。

横道に逸れると、今年になって通うようになった小さな神社が見えてきた。

周りを木に囲まれた静かな場所だ。周囲は住宅街なのにここだけ別の世界みたいだった。

俺は鳥居をくぐり小さな社《やしろ》を目指して参道を歩く。両側には石造りの狐がいて、今日も俺を迎えてくれた。

ここに来る理由は神頼みもあるけど、なにより一人で落ち着ける場所がほしかった。学校でも予備校でも家でもずっと勉強漬けの俺にとってリラックスできる場所は貴重だ。

ふと昨日見たあの子はどこに行ったんだろうと思った。

できればまた会ってみたい。あの子の見ていた世界を見てみたかった。それはきっと、今の俺からは想像もできないほど自由で清々《すがすが》しい景色なはずだ。

俺が手を合わせていると賽銭箱の裏から真っ白な子猫がひょっこりと顔を出した。

子猫は俺を見つけると可愛らしくにゃーと鳴いた。最近たまに見るやつだ。どうやらここを根城にしてるらしい。

俺がここに通っている理由の一つがこいつだった。撫でてやると毛がふわふわで気持ちがいい。ほっこりしていると母さんの言葉を思い出した。

「そうだ。ちょっと待ってろ」

俺は弁当箱を開け、タコさんウインナーを一個取り出して地面に置いた。子猫は目を輝かせてウインナーにがっつく。奔放な姿を見ているとなんだか羨ましくなった。

「……いいな。お前も自由で。できれば俺もそっち側に行きたいよ」

猫に話しかけるなんて我ながらどうかしてる。昨日から続くこの妙な気分のせいだろう。

それでも今の俺が本音を吐けるのはこいつしかいなかった。

独り言のつもりだったけど、食べ終わった子猫は俺を見上げてにゃーと言った。

なんだかお礼を言われたみたいなのが面白くて思わず笑ってしまう。

子猫が神社の奥にある茂みに入るのを見届けると俺は腕時計に目をやった。今日はいつもより五分ほど早く着いた。こんな時は境内《けいだい》にある小さな展望台へと足を運ぶ。

一部だけ斜面から迫《せ》り出したここに立つと街が一望できる。遠くには海も見えるし、右手を見れば予備校のある三宮が小さく確認できた。

最近再開発が始まったから工事をやっている。なんでもこの辺りで一番高い駅ビルが建つらしい。俺は変わらなくても景色は変わっていく。それが少し寂しかった。

俺はただぼーっとした。なにも考えず呆けた。たったの五分間だけど、今の俺には貴重な時間だ。海からの風は目が覚めるほど冷たくて気持ちが良かった。

神戸は風の街だ。街全体に瀬戸内海からの風や六甲おろしが吹きつけてくる。夏は涼しいけど冬は寒かった。今はその風が考え事で熱くなった頭を冷やしてくれている。

さて。そろそろ行くかと振り返ろうとした時、ふと足下になにかを見つけた。

「……こんなのあったか？」

濡れた地面に描かれていたのは変なマークだった。

女子トイレのマークみたいなのが一滴の涙を流している。

その上には英語で『I'M HERE』と書かれていた。ついさっき描かれたのか、まだ新しく見える。

きっと近所の子供の落書きだろう。それより学校に行って、ホームルームが始まるまでに世界史の年号を暗記する方が重要だ。

俺はまた腕時計を見てから、通ってきた鳥居へと向かった。

校門まで辿り着くと体の大きな体育教師にギロリと睨まれた。

「押部《おしべ》。制服の下にパーカーを着るな。何度も言ってるだろ」

「……おはようございます」

俺はフードを制服の中に隠して校内に入っていく。寒い時の風よけとしてフードがあった方が良いと思って着ていたが、校則では禁止になっている。

俺は嘆息して教室へ向かった。ここでも俺に与えられた役目を全《まっと》うしなきゃならない。

高校三年生で受験生。周りから求められたことと違うことをすればすぐさまはじき出されてしまう。そうならないためには大人しくするしかない。

教室で世界史の用語集を暗記していると、友人の黒田《くろだ》がやってきた。

短髪で背の高い黒田は俺を見つけるとニカッと笑い、空いていた前の席に座る。

「よお。受験生。頑張ってんな」

俺は用語集を見たまま答えた。

「お前みたいに継ぐ家もないからな」

「じゃあ俺と一緒に酒造るか？　いいぜ酒は。どこまでも奥深い」

黒田はうっとりとしているが、俺は半信半疑で眉をひそめた。

「下戸《げこ》のくせに酒の奥深さが分かるのか？」

黒田孝義《たかよし》は酒蔵の九代目だった。

数ある自営業が後継者不足に悩む中、こいつは一切の迷いもなく家業を継ぐことを決意している。

将来の夢を杜氏《とうじ》って書いた幼稚園児は日本中探しても指で数えるほどしかいないだろう。なので大学には行かず、高校卒業と同時に父親や祖父がいる酒蔵に就職するらしい。

まあ酒を造るのが好きなのであって、飲めないいんだけどな。

「迅は分かってないねえ。俺が飲めなくても、お客さんがおいしく飲めればそれが作り手の幸せになるんだよ」

「左様ですか」

「左様です」

まだ造ってもいないくせに黒田は自慢げに語った。小学校からの付き合いなのでこの話を聞くのは数百回目だ。ある種一貫していて、そこは密かに尊敬していたりする。

黒田は「あ、そうだ」と言ってポケットから財布を取り出し、中身のカードを見せた。

「じゃーん。ついに取ったぜ。免許」

「おお。これが、あの、噂に聞く免許か」

写真の黒田はぎこちない半目で阿呆みたいな笑顔を浮かべているけど、正直免許証は羨ましかった。

「仕事でいるから取っとけってな。次はバイクも取るぜ。もう申し込んできた」

「それも仕事用か?」

「いや、趣味。親父がうちに就職するなら今乗ってるスーフォアくれるって言うからさ。まあ、あの人からしたら新しいのを買う口実なんだろうけど」

スーフォアは分からないが、黒田が今乗っている原付よりはいいやつなんだろう。

「へえ。よかったな。免許取ったら俺も乗せてくれよ」

するとと黒田はあからさまにイヤそうな顔をした。

「初バイクに乗せるのが男ってのはちょっとな……。彼女とか乗せた後ならいいけど」

「いるのか？」

「卒業までに作んだよ」

「……もうそんなにないぞ？」

「分かってはいるんだけどさ……」

黒田は溜息をついた。この分だと最初に乗るのは俺になるな。そもそも今時バイクの後ろに乗りたがる物好きな女なんかいるんだろうか？

俺が疑問符を浮かべていると物好きな女候補筆頭があくびをしながら入室してきた。

ショートカットの髪に音符の髪留めをつけた目つきの悪いこいつは能年桜《のうねんさくら》だ。

桜はマフラーを巻いて手袋をしていた。相棒のエレキギターが入ったケースを携えて黒田の座る席までやってくる。

「クロじゃま。寝るからどいて」

「はいはい」

黒田は言われた通りに椅子を主に返した。

桜は椅子に座ると鞄を置いて机に突っ伏した。

「ああー。マジ眠い。昨日ずっと練習してて、気付いたら新聞のバイク来てたんだよね」

「練習ってギターか？」と聞いてみたら、桜は眠そうに否定した。

「ううん。キーボード。通ってるライブハウスでいいなって思うバンドがいてさ。そこの人がキーボードなら一緒にやってもいいよって言ってくれたんだ。だから失った勘を取り戻し中。高校入ってからずっとギターだったからさぁ」

この軽音少女は来月になれば受験だというのにライブハウスに通ってるらしい。本人曰《いわ》く大学には入れたらどこでもいいそうなので音楽の方が重要なんだろう。

寝ようとする桜に黒田は免許を見せた。

「ほら。免許取ったぜ」

「おめでとー。おやすみー」

桜は一瞥するものの興味なさそうに就寝モードへと移行する。しかし黒田は諦めない。

「な、なあ。桜。お前海行きたいとか言ってたよな。俺、次はバイクの免許取るんだ。だから取ったら一緒に行こうぜ」

おお。いつになく積極的だ。人間タイムリミットが迫れば本気になるもんだな。

「行かなーい。だって今冬じゃん。冬にバイクなんか乗って海行ったら凍死しちゃうよ」

「え？　じゃあ夏でもいいからさ」

しつこく誘う黒田に桜は疲れた顔でため息をついた。

「あのさー。今は寝たいの。そういう話は起きたらしてくれない？　クロってそういうとこの空気読めないよねー」

「あ……、悪い……」

謝る黒田をよそに桜は寝始めた。俺は用語集を見ながら「どんまい」とだけ言っておく。

黒田はガックリと肩を落として悲しんでいた。これもいつもの光景だ。

俺達三人は小学校の頃からの仲だった。

高校はずっと違うクラスだったけど、三年で初めて同じクラスになった。友達があまりいない俺としては嬉しい反面、寂しくもある。どうせなら余裕のある二年で一緒になれればもっと遊べたのに、今は受験が忙しくてそれどころじゃない。

三年になって進路の話をすると俺達は別々の道を歩むことが骨身に染みた。

俺は大学に進学し、黒田は酒蔵に就職する。桜も大学には行くらしいけど、それは親を納得させるためでメインは音楽だ。

きっと今みたいに三人で集まることも減るだろう。

離ればなれになることは仕方がない。問題は一人になった時だ。

一人になった俺が何者でもないと分からされるのが怖かった。

黒田も桜も夢がある。好きなものがあって、目指す場所を持っていた。だけど俺にはそれがない。一向に見つからない。

なのに、時間は進んでいく。俺はそのことを密かに恐れていた。

だけど本当にやりたいことなんてそう簡単には見つからなかった。


四時限目になっても俺は授業に集中できないでいた。

気を取り直して受験対策の設問を解こうとはするけど、今解くべき問題はこれじゃない気がしてしまう。

ずっと先送りにしてきた問題と向き合うべきだ。そう思う自分が手を止めさせる。

俺が苛立《いらだ》ち始めた時、昨日の風景がフラッシュバックした。

人混みの中で欄干に立つ少女。彼女だけが何者にも縛られず自由だった。

心の底から羨ましく思い、美しく思い、同時になぜだかゾッとしたのを覚えてる。

あれはなんだったんだろうか？　ただの幻想？

それとも――


「…………え？」

頬杖をつき、窓の外を見ていた俺の口から声が漏れた。

向かいの棟の屋上でセーラー服がなびいている。

遠くだけど雰囲気ですぐに分かった。昨日のあの子だ。

あの子はなにかを持っていた。持ち手つきの円筒に小さなちりとりみたいなものだ。

少ししてあの子が屋上にある貯水塔の壁に落書きを始め、持っていたのがペンキの入った缶とブラシだということに気付いた。

ヘッドホンをつけ、おそらく愉《たの》しげな音楽を聴きながら白い壁を汚していく。

「……………あいつ」

突然のことに俺は啞然としていた。授業中なのに思わず呟いてしまう。

静かに周りを見回してみた。だけど気付いてる生徒は皆無だ。

俺は前で突っ伏して寝ている桜を小声で呼びながらシャーペンでつついた。

「おい……。おい、桜……」

「もー……。なにぃ〜……？」

桜は首をねじって眠そうな顔をこっちに向けた。右の頰だけが赤くなっている。

俺が窓の外を指差すと桜は顔をしかめてそちらを見つめた。

「………………いい天気だね〜。おやすみ〜」

「え？　いや、違うだろ。あそこ。ほら。あそこにいる女の子」

「そんなのいないから。迅くんさぁ。君、ちょっと疲れてるんだよ。女の子ならここにいるじゃん？　いくらでも見てていいからもうちょっと寝かせてぇ」

桜は呆れながら再び夢の世界へと戻っていった。

そうなのか？　あそこで思いっきり落書きしてる女の子は俺の疲れが産みの親なのか？

俺は目を擦《こす》ったり、目頭を押さえたりしてからもう一度屋上を見た。

そこには間違いなく落書きを継続している女の子がいる。まさに一心不乱。壁というキャンバスにパトスをぶつけていた。桜には悪いがどう見ても現実にしか思えない。

あの子は羨ましいほどの自由を謳歌していた。そのせいか視線を外せない。

桜の言う通り天気が良い。冬だというのに日差しが暖かかった。こんな中で外に出て動き回ったら爽快だろう。勉強なんか忘れて自由になれたら気持ちが良いはずだ。

あそこに行きたい。手を伸ばしたい。俺の心はそう叫んでいた。

絵はどんどん完成に近づいていく。最初はなんの絵か皆目見当もつかなかったけど、少しずつ分かってきた。

俺は半ば茫然としながら絵の完成を見届けていた。

だが数学教師の声がこっちを向いたことで現実に引き戻される。

「おーい。能年。ここセンターに出るぞ。お前受けるんだろ？　なら起きて解いてみろ」

呼ばれた桜は机に突っ伏したまま答えた。

「起きませーん。あたし、勉強は押部くんに任せてるんで。だからそっちにお願いします」

桜のせいでクラス中の視線が俺に向いた。みんなクスクス笑ってる。

「……え？」

俺は慌てた。絵と女の子に夢中で黒板になにが書かれているかさえ分からない。

中年の数学教師は呆れながら眼鏡をかけた顔を俺に向けた。

「じゃあ押部。能年の代わりに解いてくれ」

「え？　いや、その……」

俺があたふたしてると教師がこっちにやってきた。

「さっきからなに見てるんだ？　可愛い子でも見つけたか？」

その冗談にみんなが笑った。どうやら俺が外を見ていることはバレていたようで、教師も同様に視線を屋上へと向けた。

それを見つけた時、教師は目を見開いた。眼鏡のつるを持ちながら訝《いぶか》しげに目を細める。

「……なんだあれ？」

俺も屋上を見つめた。周りのみんなもなんだなんだと窓の近くに集まってくる。

屋上の壁には星空を見上げる少女の絵が描かれていた。足下はぼんやりと光り、彼女の見上げる先には英語で文字が書かれていた。

『Visible from anywhere, Invisible to anyone』

どこからでも見えて、誰にも見えない？

意味は分からない。だけどなんだか他人事に思えない文言に胸がざわついた。

屋上では絵を描き終えた女の子が頬にペンキを付けながら満足そうに笑い、空になったペンキ缶に汚れたブラシを突っ込んでいた。

その子が屋上から見えなくなる前、目が合った。

他の誰もが絵を見ている中、俺だけが彼女を見ていたからだ。

女の子は少し驚いたあと、見事なまでに快活な笑みを見せた。

そして何事もなかったように屋上から消え去った。

その光景に俺の心は嵐のように揺さぶられ、落ち着きを失った。

ドキドキした。


昼休み。俺は友人二人と一緒に昼食を取っていた。

場所はいつも通り音楽室の隣にある準備室だ。桜が所属していた軽音部の部室でもあり、購買の真上でもあるから使い勝手がよかった。

話題は他の生徒同様あの落書きのことだ。桜はクリームパンを食べながら感心していた。

「にしてもロックだよねえ」

それに酒の原料を握ったものを頬ばりながら黒田が返す。

「あの絵がか？　あんなのただの落書きだろ。人の迷惑になるなら俺は好きじゃないな」

「うわー。さむ。クロは考えがさむすぎるよ。そりゃごもっともだけどさ。だからこそ格好いいんじゃん。周りの目なんて気にしないってのがさ。ねえ？　迅」

俺は母さんが作ったタコさんウインナーを食べてから「……さあね」と言って手元の単語帳を見つめた。だけど英単語を見てるだけで、一向に脳への定着は叶わない。

正直、俺もあの絵が気になっている。だけどそれ以上にあの子のことが知りたかった。

でも桜に聞いても「女の子なんていなかったって。気付いたらいきなり絵があってびっくりした」としか言わない。

誰もが絵を見つめていた。なのに、それを描いた女の子は総じて無視だ。

それが不思議で、同時に寒気がした。理由は分からないけど怖かった。

「でもどういう意味なんだろうね。あの絵」

桜の問いに黒田は悩んだ。

「う～ん。夜空を見上げてる人だろ。珍しい鳥でも飛んでたとか？」

「クロは馬鹿なくせに想像力豊かだね。でもあれ見てるの空じゃないよね。上になにかあるから見てるって感じ。でもなにもない。てか見えないいかな？　字でも書いてたよね。どこからでも見えて、誰にも見えないって。どういう意味だろ？　なぞなぞかな？」

「どこからでも見えて誰にも見えないものか？　…………人の心とか？」

「クロは馬鹿だね～」

したり顔の黒田に桜は呆れ果て、俺も「そうだな」と同意した。黒田はむっとする。

「じゃあお前らは分かんのかよ？」

俺と桜が「いや」「さっぱり」とかぶりを振ると、黒田は「なんだよそれ」と怒った。

桜は口をへの字に曲げる黒田を見て楽しそうに笑った。お行儀悪くクリームパンを咥《くわ》えながらギターを取り出して弾いてみせる。曲はビートルズのハロー・グッバイだ。

洋楽好きな桜のせいで俺達も随分詳しくなった。食事にＢＧＭが付くのは悪くない。

弁当を食べ終わると俺達の話題は件《くだん》の絵から未来のことへとシフトした。

「でさ。卒業旅行どこにする？」

「そういうのは受験が終わってからにしないか？」

俺がげんなりしながらそう言うと桜はちっちっと指を振った。

「分かってないなあ。こういうのは早めに決めといた方がいいの。受験を乗り切るモチベーションにするためにもさ」

乗り切るもなにも俺以外は真面目に勉強する気がないだろ。俺は小さく嘆息した。

「どこでもいいよ。お前らに任す」

「はーい。じゃあ海外がいい。リヴァプールとか行かない？」

「却下」

俺と黒田が声を重ねると桜はむっとした。

「どこでもいいって言ったじゃん」

「高すぎる。俺は私大もいくつか受けるから金がかかるんだよ」

桜は納得しながらも不服そうだった。そして怒りの矛先を黒田に向ける。

「クロはなんで反対なの？」

「……飛行機が怖い」

「車とバイクよりマシでしょ！」

「いや、だって飛行機は運転できないしさ……。なにより高いところは怖いだろ」

「でかいくせにぃ。じゃあもう一生匍匐《ほふく》前進で生きたらいいよ」

無茶を言う桜に黒田は神妙な顔で「その手があったか」とか言っている。

俺は卒業旅行について話す二人を眺めながら椅子にもたれていた。

こいつらと一緒にいると楽しい。これで受験がなければもっと気楽にいられるのに。

最近の俺はなにがあっても中途半端にしか感情が動かなかった。

目に見えない鎖に繋がれているみたいだ。問題はその鎖を巻いたのが俺自身だってことだった。理由もなしに巻いて苦しんでるんだから世話がない。だけどそれを取り去る勇気もまたなかった。みんなと同じことをしてる居心地の良さがあったからだ。

この鎖が取れた気がしたのはあの子を見た時だけだった。

欄干に立っていた姿や、白昼堂々ストリートアートを作り上げる姿を思い出すだけでまたドキドキした。

俺はそれを悟られないように小さく息を吐く。今大事なのはあの子じゃない。受験だ。

だけどそんな上辺だけの考えは窓の外にあの子を見つけるとあっという間に瓦解《がかい》した。

「え？　どうしたの？　ねえ迅!?」

後ろで桜の声が聞こえ、俺はようやく自分が走り出していることに気付いた。

衝動に駆られ、自分でも分からないまま廊下を走り、階段を駆け下りる。

とにかくそうしないとダメだと思った。理由も分からずただただ走った。

一階に降りると食堂から出てくる生徒達をかき分けて外に出る。先程見かけた場所に着くと辺りを見回した。たしか校庭の方に……いた。

女の子は木の下にぽつんと置かれた古い椅子に座り、静かにまどろんでいた。

木漏れ日が差して、そこだけ世界から切り離されているみたいだった。

近づくとさらにドキドキした。色んな考えが浮んでは消える中、足は止まらなかった。

女の子まであと二歩というところで俺は足を止めた。

すると女の子は俺に気づいて見上げる。目が合うと、自然と声が出た。

「……見つけた」

「……見つかっちゃった」

女の子は少し照れながらも楽しそうな笑みを浮かべた。

一瞬、体温が上がるのを感じた。だけどそれもすぐに疑問が冷ました。

「……お前、何者なんだ？」

俺の問いに女の子は目を丸くし、考えるように空を見つめる。

「何者……。わたしって何者なんだろう……。あなたは何者なの？」

「お、俺？」

質問を質問で返されて俺は動揺した。

俺は……何者なんだ？　今までなにをやってきて、これからなにをやっていくんだ？

はっ！　煙《けむ》に巻かれてる。今大事なのはこの子がなぜ他人から見えないかってことだ。

「俺が聞きたいのはそういうことじゃないんだよ」

「そうなの？」

「なんで俺にしか見えないんだ？　昨日だって、今日だって、みんなはお前のことが見えてないだろ？　なんでだ？」

「なんでだと思う？」

女の子はニコリと笑い、小首を傾げた。答えを求めていた俺は少し苛つく。

「足。足見せろ」

「足？　はい」

女の子は不思議そうに健康的な足をすっと伸ばす。

どうやら足はあるらしい。これで幽霊って線は消えた。なら幻覚か？　いや、俺の頭が作り出したものなら屋上に落書きなんてできるわけがない。

どうやら俺は正常らしい。そのことに安堵《あんど》すると同時にますます訳が分からなくなる。

「………分からん」

「だろうねえ」

女の子は立ち上がった。そして自分の胸に右手をあてる。

「わたし、透明人間だから」

「………透明人間？」

「そう。誰にも見えないの」

女の子は楽しそうにはにかんだ。正直話についていけてない。

「誰にも見えない……」

透明人間だからみんなには見えてない……？　いや。いやいやいや。

「見えてるだろ。ちゃんとここにいる」

俺が指差すと、女の子はその指先を見つめて困りながら首を傾げた。

「みたいだね。なんでだろ？　今も消えてるはずなのに。う〜ん。多分だけど、わたしってまだ不完全だから見える人には見えるんじゃない？」

「なんだそれ？　じゃあ、半透明人間ってことか？」

俺がそう言うと女の子は吹き出した。

「あはは！　半透明人間！　ああ、うん。そうかもしれない。現に君には見えてるもんね。なるほどね。嬉しいような。悲しいような」

女の子は一瞬儚《はかな》さを滲《にじ》ませた。それもすぐに消え、笑顔で尋ねる。

「君、面白いね。なんて名前？」

「俺？　俺は、えっと、押部迅」

「迅かー。わたしは風逢《ふわ》。風に逢うと書いてふわ。迅は三年生だよね。靴が赤だから。わたしは青だから二年生」

「だよな。その割に敬語を使う気がなさそうだけど」

「ごめんね。わたしそういうのもうしないって決めてるんだ。だって自由じゃないから」

自由。

風逢の口から出てきたその言葉には誰が口にする自由よりも解放感を覚えた。

「……自由、ね。まあ俺は気にしないけどな」

「そう？　よかった」

風逢はニコリと笑って再び椅子に座った。鞄の中をゴソゴソと探った。

出てきたものを見て俺はギョッとする。

「なんだそれ？」

「ピザ。取りに行ったら半額だったんだ。チラシ見たらなんか食べたくなっちゃって」

「自由か」

俺がつっこむと風逢は嬉しそうに微笑んだ。

「うん。自由だよ」

風逢はピザにはむっとかぶりつき、おいしそうにモッツァレラチーズを伸ばしてもぐもぐと食べ出す。いい匂いにこっちまで腹が減ってきた。

俺がゴクリと唾を飲み込むと予鈴が鳴った。もうすぐ授業だ。Ｌサイズのピザを味わって完食するのはどう考えても無理だった。

「おい。遅刻するぞ」

「ああ。うん。食べ終わったら多分行く」

「なんだそれ？　普通はもっと焦《あせ》るだろ？」

「う〜ん。でもわたしの時間はわたしのものだから。今は授業よりピザかな」

なんだこいつ？　自由すぎる。野良猫でもこいつに比べたら不自由だ。

だけどそれを言えて実行できる風逢が羨ましかった。少なくとも俺にはできない。

おいしそうにピザを頬張る風逢を眺めてるだけでなぜか幸せな気持ちになった。

俺のやりたいことがこの小さな体にぎゅっと詰まっているみたいに思えた。

そうこうしていると俺のスマホが鳴った。見てみると桜からＬＩＮＥが来ている。

『どこいるの？　次は移動教室だから鍵閉めるよ？　早く帰ってこい！』

やばい。筆記用具すら持ってない。次はたしかリスニング対策だから移動しないと。

もっと風逢と話したかった。だけど俺にはこいつみたいに自由に生きる勇気はない。

「えっと。もう行くよ」

「うん。いってらっしゃい」

風逢はそれがどうしたと言わんばかりに口の周りを汚してサラミを食べる。

「いや、その、だからさ。つ、次はいつ逢える？」

「さあ？　風に逢うが如《ごと》く。人間、逢いたい時に逢えるとは限らないよねぇ」

「限るだろ。ほら。電話でもメールでもＳＮＳでもなんでもいいから！」

我ながら焦ってる。そのせいでえらく強引な聞き方だった。

「ごめん。わたし携帯持ってないんだ。あれって自由じゃないんだよね」

「……どんな女子高生だよ。じゃあ家の電話でもいい」

「教えてもいいけど、あんまり家にいないから意味ないよ？」

「ああもう！　じゃあクラスだ！　お前のクラスを言え！」

「二年三組」

「三組だな。よし。放課後行くから待ってろ」

「え～……。予定を他人に決められるなんて自由じゃないなー」

風逢はあからさまにいやそうだった。

この自由少女め。どこまで自由を謳歌すれば気が済むんだ。俺から女子に連絡先聞くなんて人生で初めてなんだぞ。少しはスムーズにいけ。

願いも虚《むな》しくチャイムが授業の開始を伝えた。

遅刻は確定だ。多分教室の鍵も閉められてる。

だけどそれより俺にとっては目の前の女の子が重要だった。

「分かったよ。待ってなくてもいい。けど絶対に見つけるからな。その時は逃げるなよ」

風逢はゆっくりと目を見開き、ほんのりと頬を染めた。

「は、はい……。逃げません……」

「よし。じゃあな」

俺は最低限の約束を取り付けると教室へと走った。

なんでこれほどまた会うことに固執してるのか。それは俺にも分からない。

だけど思ったんだ。今言わないと絶対に後悔するって。

だから恥ずかしさとか、それをやる意味とか、どうせ俺がとか、そんなことを考える前に体が動いた。

動いてみるといつも色々と考えているのが馬鹿みたいに清々しかった。

ほんの一瞬だけど、俺は自由を感じたんだ。

二話

俺はホームルームが終わるのを今か今かと待ちわびていた。

もう帰る支度は終えている。マフラーだって巻いた。あとは号令を待つだけだ。

担任の中年女性はいくらか報告をして「じゃあ、また明日」と本日の終わりを告げた。

同時に俺は立ち上がり、出口に向かう。すると後ろから桜《さくら》に声をかけられた。

「ねえちょっと迅《じん》」

「ん？　なに？」

俺は早く風逢《ふわ》のクラスに行きたいのを我慢して立ち止まる。

「どこ行くの？　また自習室？」

「え？　いや、ちょっと待ち合わせしててさ。厳密に言えば待ち合わせじゃないけど」

俺は言ってからしまったと思った。桜は眉をひそめる。

「ふうん。誰と？　なにするの？」

「……誰って、友達と勉強するだけだって。じゃあな」

俺は面倒になって走り出した。後ろでは桜が「ちょっと迅!?」と叫んでる。

悪いけど風逢のことはまだ誰にも言いたくなかったし、言わない方がいい気がした。

俺以外には見えない女の子に会いに行くなんて言ったら絶対心配する。桜はずぼらだけど昔から心配性だった。

俺はすぐに二年三組に向かった。ホームルームは既に終わっていたらしく、教室に残っている生徒はまばらだ。息を切らしてやってきた先輩を後輩達はぽかんと眺めている。

教室の中に風逢は見当たらず、俺は近くにいた二人組の女子生徒に尋ねた。

「なあ、風逢って子がどこに行ったか知らないか？」

二人の女子生徒は目をぱちくりとしてから、顔を見合わせた。

「……ふあ？　誰かな……？　知ってる？」

「そんな子いたっけ？　どんな子ですか？」

二人は初めてその名前を聞いたような反応を見せた。

俺は風逢のことを思い浮かべた。昼に会ったばかりなのに記憶の定着が悪いのはあいつが透明人間だからだろうか？

「えっと、髪がこれくらいで」俺は肩の辺りまで手をやる。「目がまん丸で……あ、そうだ。首のところに小さめの白いヘッドフォンをつけてて絵が上手い自由な子」

俺は知ってる限りの情報を言語化した。よく考えれば風逢のことをなにも知らない。

いくつか出した情報は無駄だったわけじゃないようで、一つがヒットした。

「絵の上手い子……。あの子かな？　美術の時に変な絵ばっかり描いて怒られてた子」

「ああー。えっと、コウダさん、だっけ？」

「そうそう。そんな名前だったよね」

だったよねってもう十二月だぞ？　普通クラスメイトの名前くらい全部覚えてるだろ。

俺は唖然としながらも新たに得た風逢の情報に喜んでいた。

「そのコウダはどこに行ったか知らないか？　いつクラスを出たとか」

「知りません。べつに友達じゃないし」

二人はどうでもいいと言わんばかりだ。まるで最初からその存在を否定するみたいな言い方に少しむかつく。

俺は簡単にお礼を言うとすぐに靴箱を目指した。

「透明人間か……」

走りながらつい、声が漏れた。他人のことなのにどこか虚《むな》しくなる。

靴箱が置かれた玄関には生徒がたくさんいた。だけど風逢の姿は見えない。

校門まで行ってみるが、追い抜いた生徒のどれもが風逢じゃなかった。

どこだ？　どこに行った？　あいつは逃げないって言ったよな。あれが本当なら……。

「中だ」

すぐさま踵《きびす》を返し、生徒達の流れに反して校舎へと戻った。風逢を探して廊下を走り回る。いつもは気になる他人の視線も風逢のことを考えると気にならないから不思議だ。

窓から教室を覗いたり、ドアを開けてみたりする。体育館も行ったけどいなかった。

「ああもう！　どこにいんだよ⁉」

だんだんむかついてきた。俺が本当にやらないといけないのは受験勉強なはずで正体不明の透明少女を追いかけることじゃない。それでもなぜか足は止まらなかった。

探して、探して、探し回ると最後に図書室に行き着き、そこで風逢を見つけた。

古い本を読んでいる風逢を見つけるとあれだけ言いたかった文句が全て消え去る。

俺はお行儀悪く机に座っている風逢の隣にある椅子を黙って引いて座った。

「逃げるなって言っただろ？」

「うん。でも隠れるならありかなと思って」

風逢は本を読んだまま悪びれることなく告げた。こいつはどこまでも自由らしい。

「……次からはそれもなしで頼む。なにを読んでるんだ？」

「猫の本。でもなんか思ってたのと違った。量子論がどうとかだって。知ってる?」

「シュレディンガーだろ?　漫画とか小説とかによく出てくる。たしか猫を箱に入れたら生きてるか死んでるか分からないからどっちの状態でもあるって話だったはずだ」

「猫の気持ちを無視したひどい理論だね。そんなの猫が決めればいいのに」

「だからそれがおかしいってことをシュレディンガーは言いたいんだよ。世の中、当事者より観察者の方が力を持ってるなんてナンセンスだって。この世を猫が支配したら箱に入れられるのは人の方だろうな。ってそんなことはどうでもいい」

「あ。それいいね。猫の支配する世界。それなら住みたいかも」

「聞けよ。へんなところに食いつくな」

どうも風逢と話してると調子が狂う。俺は溜息をつき、顔をあげて風逢を見た。

目が合うとなぜかドキドキして目線を切れなかった。おかしい。昼に会った時はこんなことなかったのに。俺は横目で風逢を見つつ、心を落ち着かせてから告げる。

「……考えてみたんだ。なんでお前が人から見えないんだろうって。でも分からなかった」

「……だろうね」

風逢は少し寂しそうに微笑んだ。

「だから、その、少しでも知りたいって思ったんだ」

「わたしのことを？」

風逢は目を丸くして自分を指差した。俺は照れを隠しながら小さく頷く。

「……ダメか？」

「ダメっていうか………」

しばらく風逢は黙り込んだ。なにかを考えながら窓の外を眺める。俺はそれを一瞥してから返事を待った。

冷静になれば後輩の女の子を口説いているみたいで恥ずかしい状況だけど、そんな羞恥《しゅうち》心《しん》よりも純粋な好奇心が上回る。

とにかく今は風逢のことが知りたかった。風逢の見ている景色を見てみたかった。

風逢はいくらか悩んだ挙げ句、机から小さなお尻を降ろした。

そして少し歩いて優しげな笑顔と共に振り返る。

「じゃあ、ついてきて」

ついてきてと言われて学校の外までついていく俺も俺だけど、風逢も風逢だ。

自分だけ他人に見られないことを良いことに滅茶苦茶なルートを歩いていく。

塀の上を歩き、庭を横切り、他人が漕いでいる自転車の後ろに乗るとやりたい放題だ。

一方俺は逃げも隠れもできない普通人なので文句を言いながらも追いかけるしかない。

「おい！　もうちょっと普通のルートにしてくれ！」

「こっちの方が近道なんだよ」

風逢はそう言って知らない人の自転車の荷台から降りた。俺が汗を流し、息を切らしながらもなんとか追いつくと風逢は楽しそうに笑った。

「運動不足なんじゃない？」

「受験生だからな……、で、どこにつれていく気なんだ？」

「さあ？　行きたいと思ったところに行けるルートで行ってるだけだから」

「なんだそれ？　さっき近道だって言っただろ？」

「考える前に動くのが結果的に一番早かったりするからね」

呑気《のんき》な風逢はどこからか現れた真っ白な子猫に「ねえ？」と同意を求める。

よく見ると今朝俺が会った子猫だ。風逢が見えているらしく、にゃーと答えた。

自由な風逢は子猫を頭の上に乗せて歩き出した。どうやらこいつが触ったものは見えなくなるらしい。でないと空飛ぶ子猫を誰も気にしてないってことになる。

曲がりくねった坂を下りた俺達はそのまま駅の方に歩いていった。

「……まさか」

そのまさかだ。風逢はそのまま子猫と共に何食わぬ顔で改札を通った。

センサーが反応して自動改札機が閉まったが、駅員はなにも見えずに首を傾げていた。

俺は溜息をつきながら定期入れをタッチしてホームまで風逢を追いかける。

「おい。お前、無銭飲食とかしてないだろうな？」

「しないよ。ぬらりひょんじゃあるまいし」

「だけど無賃乗車はしてるだろ？」

「ううん。わたし定期持ってるから。出すのが面倒だからそのまま通ってるけど」

どこまでも自由だな……。

「あ。でもこの子の分は払ってないや」

風逢が頭に乗せた子猫を指差す。子猫は風逢の指をくんくんと嗅《か》いで、ぺろりと舐《な》めた。

「……まあ、乳児はタダだし、大丈夫だろ」

「そうなんだ。君はにゃん歳ですか？」

風逢が目だけ上に向けて尋ねると子猫はにゃーとだけ答えた。

「二歳だって」

「自己申告制だと全ての猫が二歳になるな。ならサバ読ませとけ。乳児は一歳未満だ」

「サバなら読むより食べたいよねー？」

風逢の問いに子猫は再びにゃーと同意する。

やれやれと思っていると周りの視線に気付いた。そうだった。風逢と子猫の姿は見えてないんだ。なら俺は壮大な独り言を言ってることになる。気を付けないとな。

しばらくすると濃い茶色の電車がやってきて、俺と自由少女と子猫を乗せて走りだした。どこで降りるのか分からずに黙って乗っていると、風逢は子猫を膝に乗せて背中を撫でていた。子猫はもうすっかり風逢に懐いている。

降りたのは俺がほぼ毎日通っている三宮《さんのみや》だった。

ビルと人が支配するこの街でも風逢は自由だ。相変わらず改札は素通りしていく。センサーは反応するから迷惑なこと甚《はなは》だしい。

俺達はとりあえずパイ山に向かった。パイ山は小さな山がいくつかある広場で待ち合わせの定番だった。ここも再開発でなくなるという噂がある。周りのビルも建て替えたりしていて、昔とは風景が変わってきた。

冷静に考えれば震災の時はもっと酷かったんだろうけど、俺達の生まれる前のことだ。

風逢は子猫とパイ山に登って両手を腰に当てた。ここを征服したと言わんばかりだ。

俺は黙って風逢を見上げる。周りの人達はなんだろうと思って同じ場所をちらりと見るが、その行動は不毛に終わっていた。

「……で、どこに行くんだ？」

「それを今決めるところ」

風逢は子猫を頭に乗せたままクルクル回った。そして止まると向いた方を指差す。

「こっち、かな」

こっちってどっちだよとは思うが、ここまで来たら俺も随分慣れてきた。

「……まあ、上と下以外ならいいか」

どこに行くかは知らないけど、空を飛ばれたり地面に潜られるよりはマシだ。

風逢は家の近所を散歩するが如く軽快に三宮の街を歩いていく。

「よく来るのか？」

「絵の材料とか買う時くらいかなあ。迅は？」

「俺は予備校があるから毎日来てるよ」

「へえ。勉強が好きなんだ」

「べつに好きじゃない。でも受験生だからな。しとかないとダメなんだよ」

「そうかな？　好きじゃないならやらなくてもいいと思うけど」

それができればどれほど気楽だろうか。だけど将来のことを考えると不安も大きい。

俺が黙り込むと風逢は首を傾げてから歩き続けた。

近くにあったゲームセンターにふらりと入っていく。

ついていくと風逢がUFOキャッチャーの前で目を輝かせていた。箱の中には鮭《さけ》を咥《くわ》えた猫のぬいぐるみが入っている。どうやら子供向けのアニメに出てくるキャラらしい。

「かわいい〜。これかわいくない？」

「そうか？　こんなのよりもっとかわいい本物が頭に乗ってるだろ？」

「あ。そうだった」

忘れてたのか……。子猫もびっくりしてるぞ。

「じゃあいいや」

「一瞬で熱して一瞬で冷めるな……」

「執着なんてしてもいいことなんてないからね。捨てることは怖いけど、捨てなきゃ次には進めないいんだよ」

風逢は春風みたいにフットワーク軽くゲーセンから出ていった。

それからも風逢はハンバーガーショップで談笑する女子大生達に内緒で交じったり、カフェでいちゃつくカップルの話を盗み聞きして顔を赤くしたり、ビラ配りの大学生を手伝って道行く人の鞄やポケットにチラシを入れたりと自由奔放に動き回る。

俺はそれを近くも遠くもない場所で眺めていた。くだらないと思う反面、羨《うらや》ましくもある。だから一時も風逢から目を離せなかった。

笑ったり、恥ずかしがったり、喜んだりする風逢は飽きずにずっと見つめていられる。

まるで俺のやりたいことを代わりにやってくれているみたいだ。

風逢は楽しげで、自由で、それが苦しいくらい眩《まぶ》しかった。

俺達は駅の近くをぐるりと周り、夜が濃くなった頃にはパイ山に戻ってきた。

お腹が減ったので近くのパン屋でメロンパンとカレーパンを買い、はんぶんこにして並んで食べる。パンのシェアなんて気恥ずかしかったけど、風逢がそっちも食べたいと言ったので仕方なくだ。ピザといい、小さい体で案外よく食べる。

戻ってきたパイ山周辺では路上ライブをやっていた。それを仕事終わりのカップルなんかが聴いている。

一方の俺は一人だ。本当は一人じゃないけど、周りから見れば一人でメロンパンとカレーパンを半分ずつ食べる意味不明な学生だった。

風逢はミュージシャンがカバーするボブディランのライク・ア・ローリング・ストーンを一緒に歌っていた。如何《いか》にも日本人的なカクカクした発音が可愛らしい。

「よくこんな古い曲知ってるな」

「おじいちゃんの部屋に昔のCDがいっぱいあるからね。だからこれに入れて聴いてるの」

風逢はポケットから一昔前のスピーカーが付いたウォークマンを取りだした。

なるほどな。ヘッドホンで聴いてたのはそれだったのか。

「いつもはなに聴いてるんだ？　そういや今日落書きしてる時も聴いてたよな」

「う〜ん。内緒。でも聴いてると元気になる曲が好きかな」

風逢は照れ笑いを浮かべた。べつにそれほど知りたいわけじゃなかったけど、内緒にされると知りたくなる。だけど今は別のことが気になった。

「あれってどういう意味なんだ？」

「あれ？　ああ、絵のこと？　べつに。思いついたことを描いただけ」

「へえ。それであんなのが描けるんだな。習ってたのか？」

「ううん。好きだから描いてるの。描いてると楽しいんだ。全部忘れて目の前のことだけに集中できるし」

「じゃあ将来は絵描きだな」

「……どうだろうね。ほら、好きなことって簡単じゃないから。あの人なんてそうでしょ」

風逢は路上で歌う若い男を指差した。あの人がどんな人生を歩んできたかは皆目見当も付かないけど、好きなことをして生きている代表みたいに見える。

「好きだから歌ってる。だけどそれを理解してくれる人は少ない。だってこの世界は嫌いなことをして生きている人達の世界だから。ああいう人はある意味敵なんだよ。好きだからって一生懸命やってても、それを誰にも受け入れられなかったら苦しまないといけない。苦しむのはもういいかな」

風逢は苦笑した。風逢らしくない弱気な発言だった。

小さな風が吹いた。さっきまでなかった酒の匂いを運んでくる。

俺は少し躊躇《ためら》いながらもなにがあったのか聞こうとした。すると風逢の頭の上で眠っていた子猫がずり落ちてくる。俺と風逢は慌てて子猫を受け止めた。

「おいっ！」

「え？　わわっ！」

伸ばされた四本の腕のおかげでなんとか子猫は地面にぶつからずにすんだ。

俺が猫の体温と小さな手に温かさを感じている一方で、風逢はホッとしていた。

「危なかったー」

「……そうだな」

目の前に風逢の顔があった。近い。あと少しで触れそうだ。

風逢は面白そうに笑った。俺もつられて笑った。そのまま俺達は見つめ合った。体が自然に前へと傾く。小さな風逢が大きく見えた。きょとんとした風逢の大きな瞳いっぱいに俺が映っている。一瞬、時が止まった気がした。

そして止まった時は聞き覚えのある声によって動き出した。

「え？　迅？」

声と共に子猫が暴れだし、足下に着地する。

ハッとして顔を上げるとそこにはギターケースを肩にかけた桜の姿があった。

桜は俺を見て驚き、すぐに隣へと視線を移した。そして眉をひそめる。

「……その子、誰？」

「……え？」と声が重なった。

俺と風逢が同時に驚く。風逢は目を丸くして自分を指差した。

「……わたし……見えてる？」

翌日の朝。俺は起きて早々昨日のことを思い出し、溜息をついた。

「……分からん」

昨日たしかに風逢は誰にも見えてなかった。何者にも縛られず自由に街を闊歩《かっぽ》していたはずだ。だけど風逢は桜に見つかった。あっけなく。まるで最初からいたみたいに。

風逢はぽかんとしていた。俺もぽかんとしていた。そしてぽかんとしたまま俺は桜につれていかれた。それを見て子猫までぽかんとしていた。

桜に色々聞かれたけど、そもそもこっちが知りたいくらいだ。

そして一晩が過ぎて今に至り、俺は朝食を食べていた。呆ける俺に母さんが訝《いぶか》しむ。

「どうしたの？　変な夢でも見た？」

「……かもしれん」

「もうしっかりしなさい。受験まで何日もないのよ？　今が一番大事な時期なんだから」

「……分かってるよ」

俺は母さんのお節介を鬱陶《うっとう》しく思いながら鯖《さば》の塩焼きを食べた。

父さんは相変わらずつまらなそうな顔でニュースを見ながらコーヒーを飲んでいる。

「お前、ちゃんと勉強してるんだろうな？」

「……どういう意味だよ？」

「予備校は都会にあるからな。遊ぶところはいくらでもある。国公立に落ちたら授業料は払わないからな。学費はバイトをするなり奨学金を借りるなりして工面《くめん》しろ」

「……分かってるよ。それしかないのかよ」

俺はぼそりと言ったつもりだったけど、父さんの耳には届いたみたいだった。

「なんだと？」

父さんが睨むので俺は面倒になって視線を外した。母さんが苦笑いしながらやってくる。

「ほらほら。朝から喧嘩しないで。お父さんも迅はちゃんと勉強してるから。ね？」

母さんに庇《かば》われると胸がちくりと痛む。

父さんは「どうだろな」と言いながら顔をしかめて立ち上がり、上着に袖を通した。

「友達は勉強もせずに遊んでるんだろう。こいつのことだ。流されてないとも限らん」

「……あいつらはやりたいことがあってやってんだよ」

「いずれお前も分かる。やりたいことだけやってる人間にろくな未来なんてない」

父さんは捨て台詞みたいにそう告げるとリビングから出ていった。

父さんの言葉はどこまでもリアルだった。だからこそ腹が立ち、反抗したくなる。

だけど俺は抵抗する術《すべ》を持ってなかった。夢があるわけでも、それに向かって努力してるわけでもない。もちろん胸を張れるだけの結果も出せてない。

どこまでも非力で、無力で、普通の学生だ。

俺はげんなりしながらテレビを見つめた。天気予報のお姉さんがニコニコしながら喋ってる。もうすぐ月蝕があるらしく、このままいけば空が晴れて見られるらしい。

俺にとってはどうでもよかった。周りがはしゃいでいるのに自分だけ我慢してやりたくもないことをさせられているのがイヤになる。

ふと風逢の顔を思い出した。こんな時、風逢ならどうするんだろうか?

また会いたかった。会って話したい。

風逢といる時だけ、俺はこの息苦しい世界から離れられる気がした。


いつも通り神社にお参りし、学校に向かった俺を待っていたのは尋問だった。

「おい！　オレンジパーカーすまし野郎！　お前年下の彼女なんていたのかよ!?」

黒田《くろだ》はなぜか怒りの形相だ。

「……桜か」

俺が顔を向けると桜は腕を組み、眉をひそめて睨み返してきた。

「そりゃあ話すでしょ」

それもそうかと思ってしまうほど俺達は長く一緒にいた。

黒田と桜の質問攻めにより、俺は言っても信じないであろうこと以外はほとんど全ての情報を共有した。と言っても俺が風逢について知ってることなんてごく僅《わず》かだけど。

「……ということでございます」

黒田と桜は顔を見合わせた。

「なんていうか」

「彼女じゃないかな」

俺は嘆息して昨日できなかった授業の復習を始める。

「だから最初からそう言ってるだろ。ちょっと遊んでただけだって」

そうだ。俺と風逢の関係にまだ名前なんてない。友達かどうかさえ怪しい。ただついてきてと言われてついていっただけだ。なのに昨日俺は……。

記憶が蘇り、風逢の顔が目の前に来ると顔が熱くなった。それを悟られないように生物の用語集を見つめると黒田はニッと腹の立つ笑顔を浮かべた。

「いやあ。にしてもすごいな。受験まであと少しだってのに。お前のこと見直したよ」

「……意味が分からん」

「なんつーか、勉強することが目的になってんじゃないかって思ってたからさ。この時期に勉強しないで女の子と遊ぶってのは男だよ」

いつもは真面目な黒田が珍しく俺を褒《ほ》めた。あの自由が肯定されると気が楽になる。

「……まあな」

「でもお前、付き合ったら紹介しろよ？」

「だからまだそんなんじゃないって言ってるだろ」

俺と黒田が笑ってる一方で、桜はむっとしていた。湿った視線を俺に向け続ける。

「まだ？　迅はちゃんと受験するって決めたんでしょ？　なら遊んでる暇なんてないよね。少なくともあたしはそう言われたから誘わないようにしてたけど？」

「……まあ、そうなんだけどさ……　……」

いつもはこういうことにロックだなんだと言ってる桜だったが、今日はやけに厳しい。しかしそれは正論で、俺がやるべきことは間違いなく受験勉強だった。両親も教師も世間も口を揃えてそう言うだろう。お前は受験生だ。その役目を全《まっと》うしろってな。

だからこそ、俺にとって風逢と一緒にいたあの時間は大切だった。

「……ただの息抜きだよ。たまにはいいだろ？」

「そ、それならさ――」と桜が言いかけたところでチャイムが鳴り、担任がやってくる。

桜はフラストレーションの溜まった表情で俺を睨み、不満そうに振り返って着席した。

なんで怒ってるのかは分からないけど、こういうのを放置しておくと後々面倒だ。俺は桜の背中越しに小声で尋ねた。

「それならなんだよ？」

「……もういい」

「はあ？」

「うるさい。寝るから黙ってて」

有言実行と言わんばかりに桜は机に突っ伏した。

俺はもやもやしながらもそれ以上は聞かなかった。小さく嘆息して窓の外を眺める。風逢が描いた屋上の絵はまだ残っていた。そのうち業者を呼んで消すそうだ。あれくらい残しても罰は当たらないのに。だけど世の中的にはそんな自由は許されない。

それから俺は授業を受けながらちらちらと外に視線をやった。

自然と風逢を探してしまっていることに気付いたのはしばらくしてからだった。


昼休み。いつものように音楽準備室で昼食をとっていると、熟睡して体力を回復した桜はしれっと言った。

「ねえ。あの子に会わせてよ」

「は？　お前もういいって言ってただろ？」

「それは寝る前でしょ？　寝て起きたら違う人間だから」

こいつは一日何回転生すれば気が済むんだ？

困った。理由は二つある。

一つはなんとなくだけど桜と風逢を会わせるのはよくない気がするから。もう一つは、

「そうは言ってもさ。俺も風逢とまた会えるか分からないからな」

風逢は携帯もスマホも持ってない。それどころか家の電話番号さえ知らない。

あいつと連絡を取るためには飛鳥《あすか》時代と同じ方法しかなかった。いや、手紙がある分、昔の方が優れてるかもしれない。こっちは俺が見つけるしかないんだから。

桜は眉をひそめ、黒田は「どういうことだ?」と不思議がる。

「だから俺も連絡先を知らないんだよ。偶然エンカウントするのを願うしかない」

「RPGかよ」

「それに近い」

その上風逢はレアモンスターで、俺にしか見えないときてる。伝説級の存在だ。

それらは全て事実なのに、桜は明らかに疑っていた。

「あやしい。ていうか、やらしい」

俺は濡れ衣《ぎぬ》を着せられてむっとした。

「なにがだよ?」

「なんか迅、色々隠してる気がする」

「はあ?　そんなことは」ないわけでもないけど、言っても信じてもらえ「ない」

「ホントかなぁ？」

桜は疑惑の目で俺を見たまま好物のクリームパンを頬ばった。

いくら猜疑心《さいぎしん》を向けられても言えることと言えないことがある。風逢が他の人間からは見えない透明人間だなんて言えば、またあなた疲れてるのよと呆れられるに決まってる。

「とにかくあいつは自由なんだ。だからほっといてやってくれ」

「……でも迅はまた会う気なんでしょ？」

桜は湿気を含んだ視線を俺に向ける。黒田も同様に俺を見た。俺はそっと視線を逸らす。

「……いや、べつに。受験もあるし。それどころじゃないです」

「嘘だね」

「嘘だな」

こういう時、付き合いが長いってのは不便だ。誤魔化しが効かない。

すると黒田が提案した。

「じゃあさ。俺達も一緒にその風逢ちゃんって子を探せばいいいんじゃないか？　どうせ探すなら人が多い方がいいだろ？」

「いや、だからさ」

風逢は透明人間だからお前らじゃ見えないんだ、とは言えない。

実際なぜか桜には見えていた。俺が口籠もってると桜も黒田に追随する。

「べつにいいじゃん。あたし達も迅の友達ならどんな子か知っときたいしさ」

たしかに俺達はそれくらいの仲だ。俺だって普通の友達だったらこんなに抵抗はしない。彼女ができたとしても真っ先に報告する。

だけど風逢は……、なんというか、そういうのじゃないんだ。

もっと大切な、今見ている景色を変えてくれる、そんな期待を感じさせる存在だった。

それでも桜と黒田も大切な親友だ。こいつらがいなかったら学校に来ても誰とも話さずに帰る生活が待っていたかもしれない。俺は細く長い息を吐いた。

「……分かったよ」

承諾する俺を見て桜と黒田は嬉しそうに笑った。特に桜は安堵《あんど》にも似た表情だ。

「よし！　そうと決まればさっさと食って探しに行くか！」

黒田は持っていたおにぎりを大きな口でばくんと食べた。

とは言うものの、見えない相手を見つけることほど難しいものはない。

誰かに行き先を聞くこともできなければ、電話で呼び出すこともできない。できることといえば地道に探すことだけだ。

俺だけが風逢を見つけることができる。少しずつだがその重みを実感してきた。

俺が見つけなければ風逢は一生消えたままなんだ。

そうと知らない黒田と桜は風逢のクラスが二年三組だということを聞いてさっそく教室に向かった。

だけど自由を信条に生きる風逢がせっかくの昼休みに教室なんかにいるわけがない。そもそも授業を受けていたかも怪しい。案の定生徒からは知らぬ存ぜぬと返ってきた。

途方に暮れる二人をどこか懐かしく思いながらも、俺は割と落ち着いていた。

「とにかく学校中を探すしかないな」

学校の敷地内に風逢がいるという確証はまるでないけど、俺達には授業があるから探せる範囲は限られていた。

風逢と会ったのはグラウンド近くのベンチと図書室だけだ。とりあえず両方行ってみたけど気配すらない。その後も時間の限り捜索を尽くしたが、結局風逢は見つからなかった。

五時限目の体育で桜がむかつきながらサッカーをして遊ぶ男子達を眺めている。

「なんでいないわけ？　普通授業始まったら帰ってくるでしょ？」

三年の二学期は受験に集中させるために体育の授業は自由時間になってる。だから少々の遅刻は目を瞑《つぶ》ってもらえた。それを利用して俺達は早めに着替え、風逢の教室を見張っていたのに五分経っても目標はロストしたままだった。

「……またピザ屋かな」

俺が呆れながら呟《つぶや》くと黒田は「ピザ？」と首を傾げた。桜は俺を見て眉根を寄せる。

「風逢って子、実は悪かったりするの？」

「悪い……ってことはないかな。ただそういう善悪に疎《うと》い子だからさ。全部本人からすれば正義なんだよ」

黒田は「それってラスボスの考え方だぞ」と苦笑する。一方の桜は気にくわないらしい。

「なんか苦手かも。あの子」

「じゃあ探すのやめるか？」

「あたしがやめても迅は探すんでしょ？　なら付き合う。会ったらいい子かもしれないし」

そう言って桜は転がってきたサッカーボールを蹴っ飛ばした。

なにをそんなにこだわる必要があるのかは知らないけど、こうなった桜を煙《けむ》に巻くのは簡単じゃない。

俺はやれやれと寒空を見上げた。晴れてはいたけどどこか寂しかった。

今頃あいつは一体どこでなにをしてるんだろうか？

○

一方その頃、ふと海が見たくなった風逢は神戸《こうべ》港で熱々のコンビニおでんを食べていた。

あまりの寒さにへくちゅんとくしゃみをするが、それすら楽しげだ。

雲が流れていく中、風に乗るかもめに親近感を抱いていた。

「君も自由だねえ」

微笑みながら振り向くと、遠くに通っている西高《にしこう》が小さく見えた。風逢は自分の通う高校をどこか寂しげに見つめる。

その足下には迅が神社で見つけたマークが刻まれていた。

この街にはいくつもこのマークが隠されており、風逢はそれを見つけるのが好きだった。

風逢は迅のことを思い出した。久しぶりに自分を見つけてくれた人だった。

そのことは嬉しい。だけどまだ信頼できるわけではない。そもそも自分はもう誰かを信頼することができないのかもしれないと風逢は思っている。

それでも迅は風逢を見つけてくれた。

風逢は淡い期待を抱く自分に苦笑した。すぐに人を信用してしまうのは悪い癖だ。

自分を見てくれる人なんてこの世界にはいない。

いるとすれば、それはきっと——

風逢はここではないどこか遠くを見つめた。

白い息が流れていく中、もうすぐ五時限目が終わろうとしていた。

○

放課後。普段なら予備校に向かう俺だけど、頭の中は風逢の行方でいっぱいだった。

鞄に必要なものを入れていると、黒田がやってきた。

「で、どこ探すんだ？」

桜もこっちを見るがそんなことを言われても俺だって分からない。

「どこって言われてもな……」

せめて次会う約束くらいしとくべきだった。

困っているとふと窓の下でなにかが動いた。

小さな動物だ。尻尾を振りながら校庭を悠然と歩いている。

昨日の白い子猫だった。それを見て俺は思いつく。

「……あいつだ」

「あいつ？」と首を傾げて黒田が同じ方向を見る。「あいつってあの猫か？」

「あいつなら風逢の居場所を知ってるかもしれない」

立ち上がる俺を見て黒田と桜は顔を見合わせた。二人共困惑した笑みを浮かべてる。

「いや、迅？　もしかしてカフェインの摂《と》りすぎか？」

「にゃんこ追いかけたいならうち来る？」

桜の飼っているみーちゃんも魅力的だが、俺は受験のストレスで猫を渇望してるわけじゃない。たしかな勝算があってあの猫を追おうとしていた。

動物には風逢が見える。それは昨日拾ったあの子猫が証明済みだ。

俺以外の人に風逢を見つけられないなら、頼りになるのは校庭を歩いているあの子猫しかいない。

「イヤならいいよ。俺は行くからな」

俺がリュックを背負って走り出すと後ろから二人の慌てた声が聞こえた。

「おい迅！　待てってて！」

「ああもう迅がどんどんおかしくなってくよ〜……」

結局二人も一緒に子猫を追うことになった。

子猫を追いかけると簡単に言ってみたけど、これがかなりの難行《なんぎょう》だ。ただでさえすばしっこいのに小さな体を活かして細い道をするすると歩いていく。

子猫は校庭を横切るとフェンスの穴からするっと外に出た。

俺達は急いでフェンスを登って外に出た。後ろで体育教師が「ちゃんと校門から出ろ！」と怒っていたけど無視して住宅街を闊歩する子猫を追う。

子猫は交差点にやって来るとくんくんと匂いを嗅いだ。そしてこっちだと言わんばかりに顔を上げて小道を選んで歩いていく。

それを見て桜が疲れた声を出した。

「ほんとにあの子が風逢ちゃんの居場所を知ってるの？」

「もしかしたらただの散歩かもな」

「なにそれ～」

桜は呆れながらもついてくる。一方の黒田は楽しそうに角を曲がった。

「たまにはこういうのもいいけどな。子供の頃に戻ったみたいで」

「クロは今も子供じゃん」

とかなんとか言ってるうちに子猫はぴょこぴょこと塀を登り、ショートカットしていく。

「やばいやばいやばい」

俺達は慌てながらもなんとか離されまいと遠回りして追いかけた。

それからも子猫は小さなお尻をふりふりしながら町を縦横無尽に歩いていく。時には小さな畑やちょっとした林を通り過ぎ、時には店が集まる路地を進み、時には壊れた蛇口から水を飲んで休憩している。

こっちはついてくだけで精一杯だ。それでもめげずに追跡を続けた。

三年近く通った高校だってのに案外周りのことはなにも知らず、新鮮な景色ばかりだ。こうやってみると案外俺はなにも見えてなかったんじゃないかと苦笑したくなる。

なんでだろう。風逢と会ってから俺は自由をはっきりと感じられてる。

受験勉強を放り出している罪悪感はあるものの、はっきりと生きてる感じがした。

緩やかな死に向かっていた俺の人生が逆流しだしたような感覚が全身を支配している。

だから俺は子猫を追った。こいつを追っていけばまた別のなにかが訪れる気がした。

なによりまた風逢に会いたかった。

子猫は平地と変わらないペースで坂をのぼっていく。俺達はくたくたになりながらもなんとか追っていた。

だけど坂の途中で遂に桜が音《ね》を上げた。

「あたしもうムリ～。ねえちょっと待ってよ～」

そう嘆いて側にあった公園の手すりに体重を預ける桜を黒田が心配する。

「おい迅。一回休もうぜ？」

「あの猫が休んだらな」

「桜はどうすんだよ？　こんなところで一人だとかわいそうだろ？」

「じゃあお前がいてやれよ。介抱してやったらあいつもお前の良さに気付いてくれるぞ」

「阿呆か。今はそういう話じゃないだろ。……そうかな？」

「とにかく俺は行くから」

「おい待てって！　お前なんでそんなに必死なんだよ⁉」

「俺にも分からん！」

分からないけど体は動いた。初めて風逢と会った時と同じように自然と動いたんだ。

今動けないと一生このままな気がした。電車の中で流れる景色を眺めるだけの人生だ。

そんなのはイヤだった。だから俺は走った。不思議と疲れは感じない。むしろ追えば追うほど風逢に近づいている気がして足取りが軽くなる。

俺は黒田に先行して住宅街の角を曲がる子猫を追いかけた。

直線を少し行くと、子猫が道の端っこで立ち止まった。

なんだと思って見てみると雑草が生い茂る空き地の廃材に小鳥が止まっていた。

子猫は目を大きくしてそれを見ている。身をかがめ、今にも飛びかかりそうな勢いだ。

小鳥が動くたびに子猫は首を動かし、お尻をくねらせ、すり足で少しずつ前進した。

一方で俺は前から軽自動車が向かってきているのを見ていた。

配達員は低速で走りながら携帯電話をかけている。あれだと人は見えても子猫は見えていない。そして当の子猫も小鳥に夢中で車が見えてなかった。

俺は慌てて駆け寄った。

「おい！　逃げろ！」

俺は大声を出して避難を呼びかけた。だけどそれが逆効果だった。

子猫はびっくりして体を硬直させる。小鳥は飛び立ち、軽自動車はなおも前進した。

あとはもう夢中だった。

俺は人生で一番の速度で疾走し、ドライバーが手元のスマホを見ながら運転する車の前に飛び出した。

運転手は視界の端に俺を見つけると仰天《ぎょうてん》し、あろうことか子猫の方にハンドルを切った。

俺は反射的に固まる子猫に飛びつき、空き地の方へ転がった。

それでも距離が足りない。車の車輪は目の前に迫ってる。

ああ。どうしてこうなるんだと思いながら、俺は顔を強張《こわば》らせて情けなく目を瞑った。

最後に思ったのはもう一度風逢に会いたいだった。

俺は訪れるであろう痛みに身構えていた。

だけどいつまで経ってもそれは来ない。まさか死んだのかと思ってると腕の中で小さなにかがゴソゴソと動き出す。そいつは腕の隙間から顔を出すとにゃーと鳴いた。

そこで俺は子猫を抱いていることを思い出した。目を開けると胸元で無傷の子猫が早く出してという顔をしている。俺はホッとすると同時に子猫を解放した。

子猫は俺から離れるとぐーっと体を伸ばしてから毛繕《けづくろ》いをしだす。

すると誰かが近づいて来て、子猫に手を伸ばし、抱き上げるとそれを頭に乗せた。

風逢《ふわ》だった。そよ風の中に笑顔で立っている。

「また逢ったね。猫君。もしかしてわたしを探してた?」

子猫がこくんと頷くと風逢は嬉しそうに微笑んだ。そして俺を見つけて屈《かが》む。

「わたしのこと、まだ見えてる?」

「……まあな」

俺は訳も分からずゆっくりと立ち上がる。顔をあげると風逢の後ろに屋敷が見えた。

神戸《こうべ》は外国人居留地だった場所だ。なので古い洋風の建物が残っていたりする。

ここもその一つだろう。煉瓦造の二階建てをグレーの石で造られた何本もの柱が支え、見る者に堅牢な印象を与える。庭は広く、芝生がよく手入れされていた。薄暗がりの中、ガス灯が暖かく建物を照らす。まるで西欧の古い町に足を踏み入れたように錯覚した。

記憶がはっきりとしない。俺はどうやってここに来たんだろうか？

だけどそんな疑問より風逢に会えた嬉しさが上回った。

俺が安堵《あんど》の息を吐くと風逢は首を傾げる。

「どうしたの？　お腹空いた？」

「いや、また会えてよかった。もう会えないかもしれないと思ってたから」

風逢は目を丸くして、少し頬を赤くする。そして照れながら微笑した。

「迅《じん》って結構言っちゃう人だよね」

俺は自分の台詞を思い返して恥ずかしくなった。

「いや、まあ、……かもな」

「えへへ。でも言いたいことを言わないよりはいいのかも。それって自由じゃないしね」

「言っとくけど、いつもはこんなじゃないからな」

「そうなの？　気にしないで言えばいいのに」

「……言えたらこんな苦労はしない。で、ここはどこなんだ？」

俺は風逢の後ろに佇《たたず》む洋風屋敷に視線を向けた。

テラスで貴婦人が紅茶を飲んでいても似合う屋敷だ。窓からオレンジ色の明かりが漏れ出ている姿が絵になる。中でホームズがパイプを咥《くわ》えていてもおかしくない。

「えっとね。エドワードさんち」

「エドワード？」

イギリス風の名前に俺は思わずたじろぐ。

風逢は笑顔で頷き、子猫がずり落ちそうになる。風逢は「おっと」と子猫を戻した。

「うん。エドさん。いい人だよ。猫好きだし」

「……ならいい人だな」

「でしょ？　じゃあ入ろっか。来られるってことは入ってもいいってことだと思うから」

風逢は踵《きびす》を返すと古い木材が使われた両開きのドアを開けた。

俺は混乱中だった。なんでここにいるのかも分からなければ、エドなる外人も知らない。

それでも風逢が屋敷の中に入っていくなら追いかけるしかなかった。

中は案外質素だった。絨毯《じゅうたん》は敷いてあるけど使い古されているし、シャンデリアも所々明かりが付いてなかった。色褪《あ》せた絵画といい、安そうな壺といい、外を見た時に予想した豪奢なイメージはものの見事に瓦解《がかい》する。だけどその分妙に居心地がよかった。

豪華なホテルより寂れた旅館の方が気後《きおく》れしないでいいみたいに、ここも肩の力を抜いていいらしい。アンティークの家具も使い込まれていて親しみがある。

玄関からホールに入ると左手に階段が見えた。風逢はそれを無視して正面のドアに向かう。ドアを開けるとそこは広々としたリビングになっていた。

ソファーやテーブルが置かれ、暖炉では炎が部屋を暖めるために揺れていた。マントルピースの上にはこれまた古い写真立てが置いてあり、老夫婦が笑みを浮かべていた。

部屋はブラウンが基調になっていて、家具も同じ色で整えられている。

風逢は絨毯を踏んで部屋の奥へと入っていくと、子猫と共にソファーに飛び込んだ。

こいつらは人の家でも自由だなと呆れていると、左手に見えるキッチンから背の高い男の人がやって来た。手に持ったトレーの上には紅茶のセットがのせられている。

まず金髪が目についた。優しそうな茶色い瞳で風逢に微笑みかける。すらっとしていて喫茶店のマスターみたいな格好がよく似合っていた。若い時は相当の美男子だっただろう。四十代後半くらいか。どちらにせよ外国人っていうだけで言い表せない威圧感がある。

「お、お邪魔してます……」

俺がおずおずと会釈《えしゃく》すると金髪おじさんは柔和な笑みを浮かべ、ソファーの前のコーヒーテーブルにトレーを置いた。そして俺に近寄り手を伸ばす。

「ようこそ。エドワード・ブラウンです。ここに来られる人なら誰でも歓迎ですよ」

どうやら日本語が話せるらしい。

俺はほっとして「えっと、押部《おしべ》……迅です」と自己紹介と握手をした。

「ジン。クールな名前ですね。君には紅茶でなくマティーニの方がよかったですか？」

マティーニはジン入りのカクテルだ。俺は酒ジョークに苦笑して小さくかぶりを振った。

「いや、紅茶で大丈夫です」

「よかった。セイロンティーです。ミルクを入れてどうぞ」

エドさんは俺にソファーを勧めた。恐る恐る座るとふかふかしていて気持ちが良い。

風逢は出された紅茶の香りを嗅《か》ぎ、おいしそうに飲んだ。子猫はエドさんが用意した缶詰を夢中で食べている。どうやら毒は入ってないらしい。

俺は紅茶を一口だけ飲んだ。味に品があってうまかった。

紅茶を飲んで一息つくと現実離れした状況に浮ついていた気分が落ち着いてきた。

そうだ。俺は子猫を助けようとしたんだ。それで気付いたらここにいた。

俺は死んだのか？　ここは死後の世界？　にしては五感がしっかり機能してる。それに風逢もいる。よくは分からないけど俺は直感的に問題ないと判断していた。なによりも風逢が楽しげなのが心強かった。

俺は対面に座ってスプーンで紅茶を混ぜるエドさんに聞いてみた。

「えっと、ずっとここに住んでるんですか？」

「私ですか？　いえ。生まれはイングランドです。ボーンマスという街で暮らしていました。それからロンドンで就職して、仕事で神戸にやってきたんです。ここには二十年以上住んでます。ボーンマスも海に面してるのでそれが合ったんでしょう」

「へえ……」

正直ボーンマスがイギリスのどこにあるのかは知らなかった。だけど流暢《りゅうちょう》な日本語を聞いている限り、悪い人じゃなさそうだ。

俺は横目で風逢を見た。膝の上には満腹で寝ている子猫を乗せ、その背中を優しく撫でている。風逢は目線が会うと微笑した。

「エドさんちにはよく来てるんだ。見てるだけで面白いし、紅茶もおいしいから」

「迷惑かけてないか？」

「どうだろ？　かけてるかも」

風逢が小首を傾げる。俺が苦笑しているとエドさんは優しく笑っていた。

「迷惑なんてとんでもない。風逢さんならいつでも歓迎ですよ。もちろん迅さんも。それに透明人間は支え合わないと」

透明人間。その言葉がこの紳士から出てくるとは思わなかった。

「……あの、その透明人間ってなんなんですか？」

するとエドさんはポカンとして風逢を見る。風逢は出されたクッキーを頬ばった。

「あ。そうそう。迅は透明人間じゃないんだ。だけどわたしのことが見えるの」

「……なるほど。そうですか」

エドさんはなぜか納得してから窓の外に広がる街を見つめた。その視線は懐かしげで、寂しげでもあった。だけどそれも束《つか》の間《ま》でエドさんはすぐに柔らかく笑う。

「ごくたまに迅さんみたいな人がいるんです。きっと体質なんでしょうね」

「体質……ですか……」

透明人間が見える体質ってなんだよと苦笑しているとエドさんは長い足を組んだ。

「透明人間とはその名の通り透明な人です。他人には見えません。例外として同じ透明人間、あと動物には見えるようですね」

エドさんは丸まって寝ている子猫を優しく見つめる。

俺が話についていけなくて茫然としているとエドさんは両手を広げた。

「ここは透明人間が集《つど》うサロンなんです。元はユニオンクラブだったのを開放しました。と言っても透明人間以外は見つけることすらできません。迅さんみたいな人は特別です」

透明人間以外は来ることができない館。なるほど。だから来られるなら歓迎か。

正直なにからなにまで胡散臭《うさんくさ》い。だけど俺は風逢を知ってる。街中を自由に闊歩《かっぽ》する風逢を。あれはどう考えてもみんなには見えてなかった。

あるいは世界には見えないものの方が多いのかもしれない。

普通なら透明人間なんて存在は信じられない。だけどこの人の言うことは信用できる。その矛盾を支えているのは風逢だった。風逢が良い人だと言うなら俺も信じてやる。

「……そうですか」

「おや。もっと驚かれると思ってました。さすがは風逢さんのお友達だ」

エドさんは小さく驚いてから風逢に笑いかけた。

「でしょ？　迅はいい人なんだ。カレーパンも分けてくれたし」

「それはいい人ですね」

俺が変に褒められて照れていると洋館の入り口がなにやら騒がしくなり、数人の話し声が近づいてくる。それを聞いてエドさんが立ち上がった。

「ちょうどよかった。今日は演奏会なんです。よければ聞いていってください」

「演奏会?」

俺が首を傾げると、部屋の入り口が開き、三人の男女が現れた。

一人は白髪に髭の老人だった。ぶ厚いジャンパーを着て首から老眼鏡をぶら下げている。

もう一人は三十代くらいの女性だ。首から顔にかけて火傷《やけど》の痕がある。

最後の一人は四十代くらいの男の人だ。青白い顔に細身で眼鏡をかけている。

三人を見た瞬間、妙な気配を感じた。虚無感と言うんだろうか。なんだか薄ら寒い。

俺が違和感を覚えていると老人がこちらを見て目を見開いた。

「おや。新人さんかい?」

「ええ」エドさんが答える。「迅さんです。風逢さんのお友達だそうです」

いきなり紹介され、俺はぎこちなく会釈する。すると残りの二人も会釈した。

エドさんが順に紹介していく。

「この老紳士は秋武《あきたけ》さん。こちらの女性は箱木《はこぎ》さん。背の高い彼は弓岡《ゆみおか》さんです」

各々《おのおの》「どうも」「はじめまして」「こ、こんばんは」と挨拶していく。

いきなり現れた大人達に俺は緊張していた。一方三人は俺を気にせず部屋の奥に進む。

「じゃあ、さっそくだけど」

ドアが開けられるとそこはバーカウンターのある広い部屋だった。

色んな楽器が置かれていて、みんなそれを手に取り椅子に座った。バーには黒田《くろだ》が見れば泣いて喜びそうな年代物のスコッチやバーボンが並んでいる。

俺がソファーに座っていると風逢が子猫を抱きかかえて立ち上がった。

「行こっか」

「え？　あ、うん」

よく分からないけど俺も風逢についていった。

バーカウンターに置いてある背の高い椅子に座り、準備を始める四人を眺める。

エドさんはピアノ。秋武っておじいさんはハーモニカを取り出す。箱木さんという火傷の女性はバイオリン。背の高い弓岡さんはドラムの前に座った。

「なににしますか？」とエドさんが尋ねる。

「そうだな。いつも通り風逢ちゃんに決めてもらおうか」

秋武さんに指名され、隣にいた風逢が椅子から降りた。空いた席に子猫がよじ登る。

「じゃあビリー・ジョエルのピアノマン。わたしも歌っていい？」

「もちろん」と箱木さんが頷いた。

弓岡さんは「あ、相変わらず渋いチョイスだ」と下手な笑いを浮かべる。

エドさんがお洒落なメロディーをピアノで弾くと演奏が始まった。

ハーモニカが鳴りだし、ドラムとバイオリンが音に厚みを持たせていく。みんな上手い。特にエドさんのピアノはプロ級だった。

そこへ風逢の楽しそうな歌声が追加される。上手いとか下手とかじゃなく、あまりにも呑気《のんき》で、俺達は自然と笑顔になった。それが嬉しいのか風逢も楽しそうに体を動かす。可愛くて聴いてるこっちまで照れてくる。まるで幼稚園の発表会を見る親の心境だ。

演奏が終わると俺は小さく拍手した。風逢は嬉しそうに手を振る。退屈だったのか子猫はまるまって寝ていた。なぜだかすごく居心地がよかった。


演奏が一段落するとエドさんがバーテンになり、他の三人が椅子に座って飲み出した。俺達も並んで出されたオレンジジュースを飲んだ。子猫はミルクを舐めてる。

みんなが楽しそうに話している中で俺は恐る恐る尋ねた。

「あの、皆さんも透明人間なんですか？」

後から来た三人は驚いて顔を見合わせた。年老いた秋武さんが頷く。

「ああ。そうだよ」

「そう……ですか……」

どうやらこれは透明人間の集会らしい。不思議だ。この人達も周りから見えないなんて。

俺が困惑してると顔に火傷の痕がある箱木さんが不安げに聞く。

「あなたは違うの？」

俺が「はい」と言って頷くと、三人は益々驚いていた。そこにエドさんが笑顔で告げる。

「たまにこういう人が現れるんです。大丈夫。風逢さんのお友達ですから」

「……エドさんがそう言うなら」

年長の秋武さんが受け入れると他の二人も渋々納得してくれた。

「あの。聞いていいですか？」

エドさんが「どうぞ」と頷く。

「透明人間として生まれて生きていくのって大変だと思うんですけど、買い物とかどうやってるんですか？」

俺としては真剣な質問のつもりだった。だけど待っていたのは沈黙だった。かと思えば次の瞬間笑いが起きる。

意味が分からず俺がむっとしていると、エドさんが面白そうに笑いかける。

「いや失礼。そうですか。ジンさんは本当になにも知らないんですね。ではお答えしましょう。まず透明人間として生まれたと言われましたけど、違います。ここにいるみんなは普通の人間として生まれました。ただ産声《うぶごえ》だけが聞こえたなんてことはありません。それに透明人間は普通の人間でもあります。大きめの声をかけたり肩を叩いたりして相手に自分のことを知らせてあげれば気付いてくれますよ。驚かれはしますけどね」

「……じゃあ、透明って言うより存在感の薄い人って感じですか？」

「それの最上位だと思っていただいて結構です」

にわかには信じられない説明だった。なんというか、都合がいい。でも風逢のことを思い出してみても、見えていないというよりは見えているのに意識の外にあるような感じだった。疑問が解消されると新たな疑問が顔を出した。

「……じゃあ、エドさん達は透明人間になったんですね。なんでですか？」

俺の問いにエドさんは口元だけ笑みを残して黙った。どうやら聞いたらいけないことだったらしい。すると話を聞いていた秋武さんが髭を触りながら口を開いた。

「色々さ。人には色々あるのさ。ただ一つ共通してるのはわしらが『見えない人間』だってことだ。厳密に言えば見てもらえない、かな。我々はその最たる例だよ」

いまいちピンとこない。俺が困惑していると三人は穏やかな微笑を浮かべる。

箱木さんは自分の顔を指さした。

「あたしは顔の火傷が原因なの。子供の頃に事故に遭って手術しても治らなかったわ。そんなあたしのことが疎《うと》ましかったんでしょうね。親にはずっと顔を隠して生きなさいって言われて育ったの。あたしは言われた通りにしたわ。どこにいても隠れて生きてきた。ずっと自分を殺して、心を見せずに。そして気付いたら誰にも見えなくなっていたってわけ」

悲しい話だったけど、箱木さんからは最後に清々《すがすが》しさを感じた。

続いて背の高い弓岡さんが頭の後ろを掻いた。

「ぼ、僕は就職氷河期で就職できなくて……。そ、そのまま派遣を転々としていたんだけど、リーマンショックであっさり切られちゃってね。じ、自分は使い捨てなんだって気付いたんだ。価値がない人間だって言われた気分だった。誰にも必要とされてない無価値な存在さ。ま、毎日そんな風に思ってたらある日、存在そのものが消えちゃったんだ」

二人とも簡単に言ってるけど俺としては他人事《ひとごと》じゃない。自分らしさがないとか、誰からも必要とされてないとかは俺がずっと悩んでいたことだった。

複雑な気持ちでいると、秋武さんはグラスを右手に持ちながら左手を顔の前で振った。

「わしの場合は大したことじゃない。定年後に女房を介護しないといけなくなってね。朝から晩までずっとつきっきりだった。子供も家を出たまま帰ってこない。女房も最初は話せたんだが、認知になってね。最後はわしのことすら覚えてなかった。葬式が終わって子供らが帰ると、家に一人だ。ずっと介護だったから近所の人とも疎遠になった。久しぶりに友達にでも会おうと思ったらもう死んでやがるときたもんだ。それからは二人と一緒だよ。気付けば誰からも見えない透明人間になっちまってた」

寂しげに笑う秋武さんに風逢は言った。

「だけどおじいちゃんの奥さんは幸せだったと思うよ」

「そうかな？　だといいが」

秋武さんは救われたように微笑み、ウィスキーを舐めて俺を見た。

「ざっとこんなもんさ。ご期待には添えたかな？」

「……いや、その、すいませんでした」

「謝る必要はない。憐れむ必要もだ。なにはともあれ我々はここで出会った。そして酒を飲み、楽しく演奏している。大事なのは今さ」

エドさんが頷いた。

「まさしくその通りですね。ではそろそろもう一曲いきますか。酔いつぶれる前に」

みんなは笑い、そしてまた楽器の元へと戻った。

今度は少し楽器が違う。ピアノがエドさんから箱木さんに変わった。秋武さんがトランペットで、エドさんはサックスだ。

始まったのはスティヴィー・ワンダーのサーデュークだった。吹奏楽部がよく吹く曲だ。それを俺と風逢は眺めていた。どうやらここにいる人は誰もが世界に見捨てられて透明人間になったらしい。おそらくエドさんもそうだ。そして隣で笑ってる風逢も。

この楽しげな演奏の裏には色んな人の色んな事情を孕《はら》んだ過去が積み重ねられている。音楽だって苦しい現実から抜け出す為の術《すべ》かもしれない。

でもだからこそ一音一音に意味がある気がして、スマホで聴くものとは重みが違った。

俺はみんなの演奏を風逢と最後まで聴いていた。

風逢は彼らに優しい眼差しを向けている。この人達も、そして風逢もみんな優しい目をしていた。それは透明になったからこそ持てる瞳なのかもしれない。

風逢のこの瞳の裏には一体どんな過去が隠れているのだろうか？

それがなんなのかは分からない。知りたかったけど聞くのは怖かった。

なによりも風逢を失いたくなかった。


外に出るとすっかり夜空に月が昇っていた。

ウィスキーの瓶は随分と軽くなり、エドさんの作ってくれた軽食を楽しみながら次に弾く曲だとか、今度ある月蝕のことや、子猫の名前なんかを話し合った。

結果、子猫にコペンという名前がついた。名前を呼ばれると子猫はにゃーと返事をした。

古時計の針が夜の十時を指すと演奏会は終わり、酒に酔った大人達が出口に向かう。俺と風逢もそれに倣《なら》った。

「いつでも来て下さいね。お待ちしてます」

エドさんが出口で見送ってくれた。俺が会釈すると最後に来た秋武さんが小声でエドさんに尋ねるのが聞こえた。

「あちらへ行くのはそろそろだったかい？」

「……ええ。まずは様子を見てきます」

「そうかい。寂しくなるねえ」

「私としても心残りがあるので今はまだ答えが出ません……。ですが……」

「まあ、人には色々あるさ。最後に決めるのはあなただ。悔いのないようにね」

秋武さんは神妙な顔で頷くと、「じゃあわしはここで」とみんなに手をあげた。

あちらってどこだと思っていると、エドさんと目が合う。

エドさんは微笑むだけで特になにも語らず、俺は言い表せない不安を覚えた。

一方で風逢は子猫を預かってくれることになったエドさんに手を振った。

「バイバイ。コペン。いい子にしてるんだよ」

コペンは寂しそうな顔をしながらもにゃーと鳴いて右の前足をあげ、肉球を見せた。

俺と風逢は並んで坂を下りた。今頃知ったことだけど、洋館は山側にある住宅街の一番上にあった。周りの住宅街より高い場所にあるから神戸の夜景が一望できる。普段はこの時間、俺はあの光の中にいるはずだ。そう思うとここにいることが不思議に思える。

少し歩くと風逢が振り向いた。

「帰りにいつも寄るとこがあるんだ。来る？」

「ここまで来たんだ。どこまででもついてくよ」

俺が頷くと風逢は嬉しそうにはにかんだ。

そこはエドさんの洋館から三分ほど離れた場所にある小さな公園だった。高台の上にあり、遠くまでよく見える。一際光が強いのは三宮《さんのみや》のビル群だろう。

俺は近くにあった自販機でカフェオレを二つ買って一つを風逢に渡した。

風逢は「ありがと」と顔をほころばせて温かい缶で手をぬくめる。

缶のフタを開けると白い湯気が街灯に照らされ、消えていく。

寒いけどいやな気分にはならない。むしろこの時間がずっと続けとさえ思った。

風逢はカフェオレをちびっと飲んでから微笑み、呟《つぶや》いた。

「街を見下ろしてるとなんだかホッとするんだ。世界中に誰もいない気がするからかな」

風逢は風に揺れる髪をそっと押さえ、静かな視線を街へと向ける。

俺は柵に座って夜景を見つめた。たしかにここから見れば何万人、何十万人も住んでいるはずの街がジオラマに見える。

下りて歩けば一人一人が生きていることを感じられるのに、まるで人が街の一部になったみたいだ。それぞれの個性は消えて、ひとまとめにされ、一つの単位で計られる。

「誰もいない……か……」

たしかにそうなのかもしれない。見えないし触れることもできなければ、つまり観測できなければそれは存在していないのと同義だ。

そこまで考えて俺はハッとした。そうだ。それは風逢そのものじゃないか。いるのに見えないなんてこんなに悲しいことはない。

俺はゆっくりと風逢の方を向いた。そこには孤独が人の形をして佇んでいる。

なんだか急に泣きそうになった。風逢はここにいる。なのになんでこの世界は風逢を無視するんだ？　悲しむと同時に腹立たしくもなった。

風逢は俺を見ると首を傾げた。

「どうしたの？」

「……いや、なんだかむかついてさ。あの人たちだって透明人間になりたくてなったわけじゃないだろ？　むしろならされてたんだ。なのに周りは誰も助けてやらなかった」

「世の中そんなものだよ。みんないつも自分のことだけで精一杯なんだから」

「だからってそんな……。存在が消えるまで無視しなくてもいいはずだろ」

俺が拳を握って俯《うつむ》くと、風逢は儚《はかな》げな微笑を向けた。

「迅は優しいね」

「本当に優しいのは最後まで声を上げない透明人間の方だ。それこそ他人のために犠牲になってる」

「うん。でも今は自由だよ」

明るく言い切る風逢に俺は恐る恐る尋ねる。

「……孤独でもか？」

「自由はいつだって孤独だから。孤独だから自由になれるんだよ」

「……お前は本当にそれを望んでるのかよ？」

俺の問いに風逢は記憶を探るように少し考えた。

「……どうだろ。でも不自由な孤独よりはましだと思ってる」

「なら自由で孤独じゃないならそれを選ぶんだな？」

「そんなの存在しないって」

風逢は笑いながらも呆れたように小さく息を吐いた。

たしかにそうなのかもしれない。自由を手に入れるには日常を手放さないといけない。孤独を排除するためには誰かといないといけない。人間関係ってのはいつだって不自由だ。どちらも手に入れるなんて不可能だろう。

だけど、それでも俺は風逢といたい。誰からも見えず、知られず、触れられずに一生を過ごすなんて寂しすぎる。なによりこの景色から風逢が消えてしまうことが許せなかった。

俺がしばらく言葉を探していると、風逢は寂しげに微笑んだ。

「ね。分かったでしょ？　わたしとは一緒にいられないって。わたしは自由を捨てられない。だってそれまで捨てたらもうなにもなくなっちゃうから。だから、ごめんね」

突然風逢から存在感が失われた気がした。手を伸ばせばすぐそばにいるのに、どこか遠くへ行ってしまったようだ。

駄目だ。このままだと俺はもう風逢を見つけられない。そんなのはいやだった。

風逢はここにいるんだ。目の前にいるんだ。なら手を伸ばせ。風逢を一人にするな。

気づいたら俺は立ち上がり、風逢の腕を摑んでいた。

風逢は目を丸くして俺の手を見ていた。俺は俯いたままなんとか言葉を紡ぎ出す。

「……まだ、分からないだろ……」

「……分からないってなにが？」

「誰かといることと自由が両立できないかなんて」

「無理だよ。わたしが証拠。透明人間になっちゃったんだから。ね？　だからもう離して」

「離さない！」

俺は涙が出るのをこらえて顔を上げた。目の前にはぽかんとする風逢の顔があった。

「お、お前はまだ俺と出逢ってなかっただろ。そうだ。俺たちは今まで出逢わなかった。お前がなんで透明人間になったかは知らない。理由も原因も分からない。でもそれは俺と会ってない世界での出来事だ。これからは違う。俺はどんなことがあっても風逢を見つける。だからまだ起こってもいないことを否定するな！　無理だって言うならそれを証明してみろよ！　先入観に縛られるなんてそれこそ不自由だろ！」

自分で言っておきながら卑怯だと思った。

自由のために生きている風逢にとって、これほど効果的な言葉はないんだから。

案の定効果はてきめんで、風逢はなにかを悟ったように目を見開く。

それを気の毒に思う反面、俺は風逢を手放したくなかった。それこそせっかく手に入れた自由を手放すような気がしてできなかった。

風逢は口をぎゅっとつぐみ、目線を足下に落とした。しばらくしてから諦めたように小さなため息をつくと、顔をあげて微笑をたたえた。

「……そう……かもね。うん……。じゃあ、一度だけ迅を信じてみる」

それを聞いて俺は心底安堵した。目の前の景色が急に明るく感じる。

薄暗い俺の人生に光が差し込んだのを確かに感じた。

「本当か？」

「うん」

風逢は照れながら頷いた。さっきまで希薄だった存在感が再び力強さを取り戻す。

それが嬉しくて俺は思わず風逢を抱きしめそうになった。

そんな俺に風逢は白くて小さな手を伸ばした。

「じゃあ、握手」

「うん」と言って握手をしてから俺は首を傾げた。「なんの？」

すると風逢はかわいらしくはにかんだ。

「迅にわたしの自由を分けてあげるの握手」

なるほどと思うと同時に風逢の体温がはっきりと感じられた。

風逢はここにいる。確かにいるんだ。そのことがなによりも大切だと思った。

この感覚を一生忘れてはいけない。そんな気がした。

俺は生まれて初めて風を摑んだ。

○

風逢は期待しないようにしていた。

迅はいい人だ。それはこうやって触れて確信に変わった。

しかしいい人だから裏切らないとも限らない。

人は変わっていく。風逢はそれを知っていた。

今はどれだけいい人でも、どれだけ優しく笑いかけ、心地の良い言葉をくれても、それは未来までもは保証してくれない。風逢はそれを痛いほど知っていた。

だから風逢は期待しないようにした。

きっと大丈夫ではなく、きっとダメだろうと自分に言い聞かせる。それでも目の前で温かな視線を向けてくれる迅を見るとどうしても期待してしまう自分がいた。

もしかしたら今度は大丈夫なのかもしれないと思ってしまう。一度そう思うとなかなか頭から消えてくれない。

だから一度だけ。もう一度だけこの世界を信じてみようと思った。

それ以上は信じない。信じられない。信じた先に希望が見えない。

風逢が本当に信じられるのは自分と自由だけだから。

この二つだけがどんな時も風逢を裏切らないし傷つけない。

風は決して摑めないのだ。

○

朝。俺はスマホのアラームが鳴る前に目が覚めた。

体を起こして窓の外を見ると自然と笑顔になった。なんだか無性に嬉しい。

昨日、俺と風逢は二つ約束した。これからは別れる時に次会う場所と日時を決めること。そしてどんな時もその約束は守ること。

あと俺の携帯番号も風逢に教えた。風逢の家の電話番号も教えてもらったけど、基本的には誰もでないからと言われたので、実質風逢が俺にかけてくるしかない。

昨日俺は寝るまで何度もスマホを見つめた。来ないとは分かっていても連絡を待ってしまう。今朝も真っ先に着信があるかを確認したけど、やっぱりなかった。

まあいい。着信なんてなくても今日は約束がある。昼休みに会う約束が。

たったそれだけで俺の人生は輝いて見えた。

着替えて下のリビングに向かうと母さんが朝食を用意していた。

「おはよう」と挨拶すると、母さんが少し意外そうにする。

「おはよう。どうしたの？　なにかいいことあった？」

「え？　いや、べつに。いつも通りだよ」

母さんはのんびりしてるけど意外と勘が鋭い。

「そう？」と母さんは首を傾げてから俺にコーヒーの入ったカップを渡してくれた。

俺が「うん」と頷いてコーヒーを飲むと、父さんと目が合った。新聞の向こうから訝《いぶか》しげに俺を見ている。俺はすぐに視線を切って母さんに言った。

「予備校でこの時期やっといた方がいい問題集を教えてもらったんだ。買ってもいい？」

「いくらなの？」

「えっと、何冊かあるから五、六千円かな」

「そう。じゃあこれで足りるわね」

母さんは鞄から財布を取り出し、一万円札を抜いて渡した。

俺は「ありがとう」と言って受け取る。それから少し緊張しながら横目で父さんを見た。

父さんはコーヒーを飲みながらニュースを見てるだけで、なにも言わなかった。

俺は悪く思いながらもホッとしながら朝食を食べ始める。

だけど少し後ろめたい気持ちも、風逢のことを想えばすぐに消え去った。

教室に着くと黒田と桜《さくら》が待っていた。二人には昨日のうちに無事だった旨《むね》を連絡しておいたけど、納得はしてないみたいだ。なにせ黒田曰《いわ》く俺は突然消えたらしい。

「……よう」

俺が適当に右手をあげながら席に着くと、黒田はむっとした。

「ようじゃねえよ。昨日俺らがどれだけ心配したと思ってんだ？」

「悪かったよ。ちゃんと謝っただろ？」

俺が目線を合わせずに謝罪すると桜が湿った眼差しを向けてきた。

「……どこ行ってたの？」

「どこ……。まあ、その……知り合いの知り合いの家……かな」

「それって風逢って子と関係あるの？」

俺は尋問でも受けているような気分で小さく頷いた。すると桜は眉をひそめる。

「ねえ迅。ちゃんと説明する気あるの？　あれから何時間も探したんだよ。で、夜になったら『悪い。先帰っといて』ってメッセージが来ただけ。納得できるわけないよね」

「……分かってるよ。昼休みになったらちゃんと説明する」

「なんで今じゃないの？」

「ここに風逢がいないからだ。あいつがいないと説明にならない。俺からも一ついいか？」

俺が見上げると桜はほんの少しだけ後ろに体を引いた。

「……なに？」

「なにがあっても風逢のことを嫌いにならないでやってくれ。あいつは悪い奴じゃないんだ。ただちょっと変わってるだけで」

俺がそう言うと二人は不思議そうに顔を見合わせた。それから納得はしてない様子で「……分かった」「うん」と了承してくれた。それを聞いて俺はホッとした。

「ありがとう。助かるよ」

俺が礼を言うと二人は意外そうな顔をした。そういえばちゃんとお礼を言うなんてことは最近してなかったな。付き合いが長くなるとどうも甘えてしまう。

それから俺は昼休みまで上の空で風逢が屋上の壁に描いた絵を見つめていた。

風逢が一体どんな気持ちであの絵を描いたのかはまだ分からない。

それでも少しずつ近づけている気はしていて、それが嬉しかった。

昼休み。俺達三人は音楽準備室にやってきた。

桜はポケットから鍵を取り出して鍵穴に差し込むと首を傾げた。

「あれ？　開いてる。先生かな？」

がらりと音を立ててドアを開けるといつも通り楽器や楽譜立てが待っていた。

机と椅子を引っ張り出して鞄を置くと桜が頬杖をついて俺を怪しんだ。

「……で？　風逢ちゃんはいつ来るの？」

「いつって？」

「はあ？　今日ここで会わせるって言ったじゃない」

「だからもういるよ」

俺は至って真面目だった。

一方桜と黒田は驚いて辺りを見回す。この部屋には人が隠れる場所なんてない。

黒田はひきつった笑いを浮かべる。

「おい迅。そういうのいいって。なんかお前昨日から変だぞ」

「……かもな。でも風逢は本当にいるんだよ。そこに」

俺はカーテンで閉ざされた窓を指さした。

するとカーテンがスーと引き、日光が室内に飛び込んでくる。

桜はまるで手品でも見せられているように目を丸くし、黒田は口をぽかんと開けている。

次に窓が開き、十二月にしては暖かい風が部屋の中を自由に吹いた。

俺が窓の方へと歩き出すと桜は不安そうな顔で手を伸ばしかけた。

「迅……」

俺は呼び止めにも応じずそのまま歩き、窓際で足を止めた。

振り返るとそっと小さな肩の上に手を置いた。同時に桜と黒田は仰天《ぎょうてん》する。

二人にはさっきまでなにもなかった空間に女子生徒が浮き出てきたように見えただろう。

もし俺が見せられる側だったら頭がついて来ない。手品かと思うはずだ。

これは一種の賭けだった。本当は一から風逢のことをきちんと説明したい。でもいくら考えても透明人間を理解してもらう段階で躓《つまず》いてしまう。

ならいっそこの世界には見えない人間がいるってことを体験してもらうのが一番手っ取り早いと思った。

部屋に入った時に俺は一つの確信を持った。桜には風逢が見えていない。前は見えたのに今日はさっぱりだ。それはつまり風逢が見えるようになるには条件があるってことだ。

エドさんも言っていた。透明人間は気づかせてあげれば見えるようになると。

俺が風逢に触れること。それが条件だ。

あの夜もコペンを助けようとして風逢の手と触れた時に桜がやってきた。

風逢は自分が見えていることを感じ取ると恥ずかしそうに俺を見上げた。

俺は風逢にだけ聞こえるように「大丈夫」と呟く。

正直、透明人間がいることを信じろなんて馬鹿げてる。俺だって誰かにそんなことを言われても信じられない。だけど友達の言うことなら別だ。たとえそれが嘘でも信じてやる。

俺たち三人はそういう仲だった。少なくとも俺はそう信じていた。

「風逢だ。歳下だけど気にしないでいい」

風逢は緊張しながらぺこりと頭を下げた。

「こ、神月《こうづき》風逢です。よ、よろしくお願いします」

珍しく敬語を使う風逢に俺は驚いていた。

「え?」

「あれ?　変だった?」

「いや、お前の苗字ってコウダじゃなかったっけ?」

「……誰それ?」

風逢はぽかんとして首を傾げる。どうやら風逢の同級生に教えてもらった苗字は間違っていたらしい。そこまで認知されてないのかと思ったらムカつくと同時に悲しくなった。

俺は小さく嘆息してから気を取り直して紹介を続ける。

「えーと……、風逢はあれだ。見た通り透明人間だ」

「あ。透明人間やらせてもらってます。今日は名前だけでも覚えて帰ってください」

俺の雑な説明に風逢は軽く会釈した。

「と言うことでこれからは風逢も交ぜてやってくれ。じゃあ立ち話もなんだし食べるか」

「おい」

「待て」

俺が席に戻ろうとすると黒田と桜が呼び止めた。

「なんだよ？　もうこれ以上俺に説明することはできないからな」

俺が面倒がると黒田は風逢を指さした。

「いきなり女の子紹介してそれが透明人間だ？　俺らにそれを信じろって言うのか？」

「そうだ。ほら、昨日のことも透明人間が関係してるとすれば納得できるだろ？」

正直俺にはよく分からないけど。

「……たしかに昨日お前はいきなり消えたけどさ。あれが透明人間の仕業《しわざ》ってことか？」

「その通りだ」多分。

力押しの説明にいくらか納得したのか、黒田はなんとも複雑な眼差しを風逢に向けた。

風逢は困って苦笑してる。いつもは堂々としてるのに今はスカートを握っていた。

一方の桜は風逢をじっと見つめていた。まるで値踏みするように全身に視線を這わす。

一触即発かと俺がはらはらしていると桜は風逢の目の前まで移動した。

「おい桜。いじめるなよ」

「いじめないわよ。迅はちょっと黙ってて」

桜は風逢を静かに見下ろした。その瞳にはいろんな感情が渦巻いているように見えた。

先輩に睨まれた風逢は苦笑いを継続中だ。

「えっと……」

「あなた。好きなバンドは？」

「え？　バンド？」

突然の質問に風逢だけじゃなく俺と黒田も驚いた。

風逢は一瞬呆けた後に少し悩み、答えた。

「あえて挙げるならクイーン……かな？」

「……なるほど。キラー・クイーンってわけか」

桜はそう呟くと俺をじとりと見つめ、すぐに風逢へと向き返る。

「まあいいわ。フレディに免じてこの部屋にいることを許可してあげる」

桜は風逢の頭にぽんと手を乗せて微笑んだ。それを見て風逢も嬉しそうに笑う。

「ありがとう。えっと」

「能年《のうねん》桜よ。桜でいいわ。あっちのでかいのが黒田。クロでいいから」

いきなり話を振られた黒田は「クロです」と渋々受け入れる。

俺がホッとしてると桜が席に戻ってきて耳元で囁《ささや》いた。

「これで満足?」

「…………悪いな」

「なら次からは試すような真似しないで。あたしはまだ全然納得してないから」

桜はそう言って席に着くと笑顔で風逢を手招きした。

「風逢ちゃんはクリームパン好き?」

「う、うん」

「じゃあ分けてあげるからこっちおいで」

風逢は相談するように俺を見た。俺が頷くと風逢は嬉しそうに桜の元へ駆け寄る。

風逢は半分にちぎって渡されたクリームパンを受け取り、「迅も分けてくれたんだよ」

と桜に言った。桜は少し間を開けて、「へえ……そうなんだ」と答えた。

「桜ちゃんは楽器するの?」

「桜ちゃん……。うん。するよ。ギターとキーボード」

「へえ。いいなあ。わたしも音楽好きなんだ」

「なに聞くの？」

「色々。でも昔のが多いかな。エリック・クラプトンとか」

「お。いいね。レッド・ツェッペリンは？」

洋楽談義に花を咲かせる桜と風逢を視界に入れながら俺はホッとしていた。なんだかんだ言って桜は優しい。今はその優しさに甘えさせてもらう。

するると黒田が隣にやってきて水筒に入った緑茶を飲みながら二人を眺めた。

「……いいのか？　大事な時期なんだろ？」

「だからだよ。俺は変わらなきゃいけない。渡された選択肢の中で悩むんじゃなくてさ」

黒田は意外そうにしてから静かに息を吐いた。

「……そうか。お前はお前で色々考えてんだな。なら文句はねえよ。にしても透明人間とはな……。正直、俺はまだ信じられない」

「それでいいよ」

「え？」

「そんなことは関係ないんだ。透明人間だろうがなんだろうがあれは風逢なんだよ。それ以上でも以下でもない。だから信じるとか信じないとかじゃないんだ」

「……なるほど。じゃあ無理に信じないでいいんだな？」

「俺が友達に年下の女の子を紹介した。それだけだ」

黒田は風逢とおしゃべりする桜を見つめて苦笑した。

「それはそれで別の問題がありそうだけど」

「なにが？」

「いや。俺としてはむしろそっちの方がありがたいし」

「だからなにがだよ？」

俺がむっとしていると黒田は皮肉めいた笑みを見せる。

「お前は本当に目に見えることとしか見えてないよな」

俺がそんなの当然だろうと言い返す前に黒田は立ち上がり、二人の方に近づいた。

「なあ。風逢ちゃんはバイクに乗ってみたいと思う？」

「ううん。全然思わない」

黒田がガクッと肩を落とすと桜は面白そうに笑っていた。それにつられて風逢も笑う。

俺はモヤモヤしたけど、風逢が楽しそうならそれでいいかと自分に言い聞かせた。

今の俺にとって一番大事なのは風逢だ。

ようやく摑めた自由を手放すことなんてできなかった。

四話

放課後。俺達四人は電車に乗って三宮《さんのみや》に向かっていた。

本来なら受験勉強のために使うはずの体力を別のことに使うだけで妙な爽快さがある。

俺が「どこ行く？」と尋ねると、風逢《ふわ》が「おなか減った」と返した。

「えっと、それはどこってこと？」

俺が困惑してると桜《さくら》は楽しそうに風逢の頭に手を乗せる。

「じゃあ中華街行こっか。風逢ちゃんは小籠包《シヨウロンポウ》好き？」

魅惑的なワードに空腹の風逢は目を輝かせて頷いた。もうすっかり懐いている。

「うん。好き」

「よし決定」

桜はニコリと笑うと黒田《くろだ》も手を上げた。

「はい。俺も好きです！」

「クロには聞いてないから」

桜は右手をひらりとあげて中華街のある南京町《なんきんまち》へと向かった。

風逢は笑って桜についていく。俺は黒田に「どんまい」と言って二人の後に続いた。

三宮の駅からお洒落な店が並ぶビル街を抜けていくと中華街がある。そこだけ街の色が違った。至る所に赤がちりばめられ、おいしそうな香りが漂っている。一月の春節になると獅子舞や雑技が披露されてすごい人混みになるけど、今はそれほどでもない。

流暢《りゅうちょう》な日本語と片言の日本語が混ざり合ってちょっと変わった雰囲気の中、俺達は桜おすすめの小籠包屋で望みのものを手に入れた。

道路の端で箱を開けると黒田が神妙な顔になる。

「ここは男らしくいくしかないな」

「ないのか?」

疑問に思いながらも俺と黒田はできたての小籠包を口に入れた。

噛んだ瞬間熱々のスープが溢れ出してくる。

「あっつ!　あっ!　っつ!」

「熱い熱い熱い熱いッ!　あづいッ!」

いや、マジで熱い。洒落にならん。うまいけど。

そんな俺達を見て桜と風逢は腹を抱えて笑っていた。二人は女子らしくフーフーと息で冷ましてから先にスープをちゅるりと飲み、それから本体をはむっと食べた。

風逢の頬がゆるゆるに緩む。

「おいしい～」

「やっぱり小籠包は冬に限るよねえ」

正しく食べる二人を横目になんとか小籠包を飲み込んだ黒田は俺の肩をたたいた。

「よし。もう一個いくぞ」

「お前はなにを目指してるんだ？」

結局俺と黒田はもう一個小籠包を口に放り込み、また熱い熱いと言いながら悶絶した。

熱かった。でも風逢が笑ってるならまあいいかと思ってしまう俺がいる。

だけど笑顔の代償としてしばらくなにを食べても味がしなかった。


腹ごしらえを終えた俺達はウィンドウショッピングをしながらまた三宮の街に戻った。

桜と風逢は洋服やアクセサリーなどを楽しげに眺め、俺と黒田はアウトドア用品やゲームなんかを見てまわった。

黒田が寄りたいと言ったバイク用品店に入ると、中は見慣れないアイテムで溢れていた。

黒田はヘルメットについた値札を見つめてうんうん唸《うな》っている。

「なに悩んでんだ？」

「いやさ。メットどうするかなって」

「どうって？　あれって被らないとダメなんだろ？」

「そりゃ被るよ。じゃなくてもう一つ買うかどうか悩んでんの。ほら。後ろに乗せるなら必要だから」

ああ。なるほどと思いながら俺は後方でつまらなそうにバイク用のウェアを見つめる桜を見た。

「べつに安いのでいいだろ。金あんのか？」

「もうちょい待てば最後のお年玉が入るし、冬休みには仕事を手伝って給料も入るからあるっちゃある。でもな～。スーフォアは維持費も高いし」

こうなると長引くのを知っていた俺は面倒なので桜を呼んだ。

「桜。もし被るならどれがいい？」

俺がヘルメットコーナーを指さすと桜は近づいてきて棚を見つめた。

「ヘルメット？　う～ん。じゃあ、これ」

桜はオレンジ色でやけに古くさいのを選んだ。それを見て黒田が眉をひそめる。

「シンプソンのジェットか……。ちなみになんでこれ？」

「名前がグラハム・シンプソンみたいで格好いいから」

誰だよ。そんなこと言ったらそっちにある阪神《はんしん》の元四番みたいなのでもいいだろ。

俺が内心呆れている一方で黒田は真剣に悩んでいた。

「これだったら被ってもいいってこと？」

「え？　まあいいんじゃない？」

桜のいい加減な了承が決定打になったらしく、黒田は何万もするヘルメットを購入する決心をした。だけど財布の中身が足りず、店員に取り置きの相談をしに行く。

それを見て桜は不思議そうにしている。

「なんか随分高いの買うよね。ヘルメットなんてそっちの安いのでいいと思うのにお前が被るんだよ。俺は黒田が不憫《ふびん》になってため息をついた。

「……まあ、いざという時は高い方が守ってくれるんだろ」

「へえ。そうなんだ」

桜はあまり興味なさそうだ。かわいそうにと思って黒田の背中を見ていると、ゴーグル付きの半ヘルを被った笑顔の風逢が現れた。

「どうかな？」と尋ねられ、俺と桜は顔を見合わせてから同時に言った。

「かわいい」

言い方があまりにも直球すぎたのか、風逢は顔を真っ赤にさせて小さくなった。

すっかり夜になった頃、俺達はモスでハンバーガーを食ってからカラオケに来ていた。カラオケなんて久しぶりだ。三年になってからはほぼ来てない。前はよく桜が歌の練習をするからと付き合わされていた。

桜と風逢は歌の趣味が合うのか古い洋楽を歌っていた。桜がアース・ウインド・アンド・ファイアーのセプテンバーを歌ったかと思えば、風逢はトトのホールド・ザ・ラインを歌い出す。どちらも一九七〇年代の骨董品だった。

こいつらには今時のJポップやアイドル達が歌う曲は興味がないらしい。

黒田は「古いのばっかだな」と苦笑してるけど、河島英五《かわしまえいご》好きのお前も大概だ。

歌を聴いていると黒田がぼそりと言った。

「……で、いつまでこうやってるんだ？　受験するなら勉強はしないとだろ」

「……分かってるよ。帰ったらやる。朝もやってるし、授業中も過去問解いてるよ」

「でも集中してないだろ？」

図星をさされて俺はドキッとした。黒田は肩をすくめる。

「こっちは見えてんだよ。お前がぼーっとしてるのが」

「……桜の後ろってのも考えものだな。お前こそ授業に集中しろよ」

「俺は麴《こうじ》のこと以外興味がない男だ。だから今はそっちの勉強ばっかやってる。俺のことはいいよ。でも迅《じん》はマジで決めなきゃいけない時だろ」

「文句はないんじゃなかったのか?」

「文句はないけど心配はあるんだよ。普通に生きるってことは、人並みに努力しなきゃいけないってことだろ。それすらしなかったらどうすんだよ?」

黒田の言ってることはもっともだった。俺だって遊んでいて不安がないわけじゃない。むしろ爽快さの裏には膨らんでいく焦燥が見え隠れしていた。

だけど今の俺にはそれと向き合う気持ちはなかった。

「……ようやく見つかりそうなんだよ。お前らみたいにやりたいことがさ」

俺は口だけの笑みを作るとジンジャーエールを飲み干して立ち上がった。

そのまま逃げるように部屋の外に出るといきなり音が消えて不思議な気分になる。

ドアにはめ込まれたガラスにはやり残した宿題を放り出して遊ぶ子供でも見るような黒田の目が映っていた。

そんな顔するなよ。俺だって分かってるさ。なんで今なんだって。

だけどこんな気持ちになるのは生まれて初めてなんだ。行列に並び続けていた俺が、行列から外れてもいいと思えるものに出会ったんだ。それを簡単に失えるわけがない。

俺がドリンクバーでコップにコーラを入れていると、風逢が嬉しそうな顔で歩いてきた。俺を見つけると笑顔になって隣に並んでドリンクを物色する。

「カラオケって初めて来たけど楽しいね」

「親とか友達とかと来なかったのか？」

「……うん」

風逢の寂しげな笑顔を見て、俺はしまったと思った。そんな経験がきちんとあれば風逢は透明人間になんてなるわけがない。

「……なあ。みんな年上だけど大丈夫か？」

「どういう意味？」

「いや、緊張しないかなって。俺が先輩に囲まれたらまともに話せない」

「う～ん。どうだろ？　あんまり気にしないかな。エドさんとこでも年上ばっかだから。桜ちゃんも優しいし、クロくんも面白いし、それに迅もいるしね」

「……ならよかった。無理矢理付き合わせてるんじゃないかと思ってたからさ」

「ううん。全然。わたし、いやだったらいやって言うようにしてるから」

屈託のない笑みを浮かべる風逢に俺はホッとしていた。同時にある可能性も見えてくる。

「でもみんなといれるなら透明人間じゃなくなる時もくるかもな。俺達みたいなのを増やしていけばいいわけだしさ」

「……どうだろうね。見せてるのと見えてるのは違うから」

笑顔の奥に儚《はかな》さを滲《にじ》ませる風逢を見て、俺は益々受験なんてどうでもよくなった。

大事なのは今で、俺がやるべきことは少しでも長く風逢のそばにいてやることだ。

風逢のためなら俺はなんだってするつもりだった。

「大丈夫だよ。きっとどうにかなるさ」

根拠があるわけじゃなかった。それでも俺はどうにか風逢を安心させてやりたかった。

過去になにがあったかは知らない。だけど俺は今までの奴らとは違うと分かってほしい。

風逢はやっぱり儚さを残した笑みで、「だといいけどね」と呟《つぶや》いた。

○

迅の忠告も聞かずにたくさんドリンクを飲んだ風逢はトイレにいた。

個室から出ると洗面台に桜がいるのを見つける。桜はどこか嬉しそうに鏡を見ながら色つきのリップクリームを塗っていた。

風逢の姿は鏡に映っていたはずだが、桜がその存在に気付いたのは隣の水栓から水が流れてからだった。驚く桜に風逢は照れ笑いを浮かべながら手を洗う。

「飲みすぎちゃった。初めてだから緊張してたのかなぁ」

「あ……、だ、だよね～。あたしも迅と遊ぶのは久しぶりだったから……つい……」

桜はぎこちない笑顔を見せているが、言葉の最後の方は声が小さくなった。

驚きと困惑、そして自分でも分からない別の感情が桜の中に渦巻いていた。

その気持ちの正体が『こんな訳の分からない子と迅が仲良くするのは心配だ』ということに気付いた時には、桜は自分自身が嫌いになりそうだった。

しばらく沈黙が続いた。桜は黙っていようと思っていたが、つい口を開いてしまう。

「……ねえ。風逢ちゃんは迅と付き合ってるの？」

「ううん」風逢はすぐに否定した。「わたしはただ、迅に自由を分けてあげただけ」

「自由を……分けた……？」

予想もしてなかった言葉に桜はポカンとし、それからハッとして口元に手を持ってくる。

自分は迅になにかを分けてあげたことがあるだろうかと思ってしまった。

そんな桜を見て風逢は優しい視線を向けた。

「桜ちゃんは迅のことが好きなの？」

突然の質問に桜はまた驚き、そして顔を赤くして風逢から目線を外した。

「……好きって言うか、昔からずっと見てきたからちょっと心配なだけ……」

風逢はそんな桜を見て「そっか……」と呟いた。

「いいなあ。迅は」

羨《うらや》ましそうな風逢の声を聞き、桜は益々赤くなった。咄嗟《とっさ》に顔をあげて言い訳をしようとする。しかしそこに風逢はいなかった。だが声はたしかに聞こえた。

「いいなあ」

気付くと桜の右手にあるドアが独りでに開き、そこから見えないなにかが出て行った。

一人になると桜の口からため息が出た。色々と起こりすぎて頭がついていけていない。

「やっぱり苦手かも………」

○

十時になると高校生だけではダメと言われ、俺達は店から出た。

暖房の効いた建物から出ると風が冷たかった。俺達は首をすくめて駅に向かう。

大きな声で笑う酔っ払いのおじさんや甲高い声を出すＯＬの中に疲れた顔の受験生が交じっていた。少し前まで俺もあの中の一人だったのに、今じゃ特段親近感は湧かない。

周りが駅を見たり、目線を下げたりしている中、風逢だけは空を見上げて微笑んでいた。

俺の隣にやって来ると学ランの裾をちょこんと摘まんだ。

「楽しかったね」

「そうだな」

俺が頷くと風逢はいたずらっぽく笑いかける。

「でも迅はもうちょっと上手くならないと」

楽しげにからかう風逢に黒田と桜も面白がって笑う。

「迅は昔からこうだからな」

「練習しても全然上手くならないよね」

俺が音を外すんじゃない。音が俺から外れていくんだと内心反抗するが言わなかった。

俺達は電車に乗り、いつもの駅まで今日のことを話しながら帰った。

駅に着くと黒田は原付に、桜は自転車に跨《また》がる。

「んじゃ、また明日」

「じゃあねえ」

二人は手を振るとそれぞれの家へと帰っていった。俺と風逢は小さく手をあげて見送る。

「じゃあ俺も帰るよ。明日も昼休みになったら準備室に集合な」

「あ。そっか。約束しなきゃだもんね」

風逢がニコリと微笑むと俺もなんだか嬉しくなる。

「じゃあな」

「うん。またね」

風逢は手を振って俺を見送った。正直帰るのが惜しいくらいだ。それくらい今日は楽しかった。でも明日になったらまた風逢と会えるんだ。ならこの寂しさもいやじゃない。

前を向いて息を吐くと白い煙が夜に浮かび上がって消えていった。空を見上げるときれいな半月が輝いている。手を伸ばせば届きそうな気さえした。

高揚して火照《ほて》った体も家に着く頃には随分冷えていた。

風呂の前に勉強しないと寝そうだ。……いや、もう今日はいいか。また明日やろう。

なんて思いながらリビングのドアを開けると父さんが晩酌しながらスポーツニュースを見ていた。俺は気まずさを感じながらも鞄を椅子の上に置いた。

「……ただいま」

「ああ。お前か。母さんだと思った。今風呂入ってるぞ」

父さんはそう言ってハイボールをゴクリと飲んだ。普段は怖い顔もこの時ばかりは少し緩んでいる。なけなしの威厳もありはしない。今日はそれがどうにも気に入らなかった。

「酒飲んでいいのかよ？　数値悪かったんだろ？」

「これくらいは飲んだうちに入らんさ。そんなことよりお前は受験に集中しろ。国立を卒業すればそれだけで出世が楽になるからな」

中堅私立大卒の父さんからすれば真実を語ったつもりなんだろうけど、今の俺にとっては鬱陶《うっとう》しいだけの戯《ざ》れ言《ごと》だった。

「もうそういう時代じゃないだろ」

「ふん。社会に出たこともないくせになにが分かる。大人になったら俺の言うことを聞いておいてよかったと思うさ。上の方は同窓ばっかりだ。実力以外のところで評価される苦しみをお前には味わってほしくない」

父さんは誰かを思い浮かべているみたいだった。不機嫌さから推測して同期の上司でも恨んでるんだろう。俺にとってはどうでもいいことだ。

俺が部屋に行こうと鞄を持ち直すと、父さんはテレビを見たまま言った。

「今苦労した分あとで楽ができる。そう思って頑張れ。言ってた参考書はあったのか？」

「え？　あ、まあ……」

さすがにあの一万円の半分が交遊費に消えたとは口が裂けても言えない。

「今からでもやったらどうだ？」

「……言われなくても分かってるよ。じゃあ、上でやるから。おやすみ」

部屋を出る時、テレビの奥にある窓越しに父さんがこっちを見ているような気がした。

自室に戻った俺はベッドに飛び込み、枕元に置いてある参考書をペラペラとめくった。

だけどやる気が出ない。読めば読むほどどこんなことしてなんになるんだと思ってしまう。

俺は参考書を投げ捨て、瞳を閉じた。今日のことを思い出すと自然と笑顔になってしまう。風逢の笑顔がまぶたの裏に映るだけで心地が良い。気づけば俺は眠りに落ちていた。


次の日から俺達四人は昼休みに準備室で昼食を共にして、放課後は街に繰り出した。

授業中も今日はなににして遊ぼうかと考えてばかりになった。

休日は朝から予備校に行くと言って一日中遊んだ。

風逢がレッサーパンダを見に行きたいと言えば王子《おうじ》動物園に行き、桜が買い物したいと言えばハーバーランドへ行き、黒田がのんびりしたいと言えば配達用の車に乗ってのろのろと六甲山《ろっこうさん》を登って有馬《ありま》温泉に行ったりした。

お金が必要ならまた嘘を言って母さんからもらってる。最初あった罪悪感はもうない。

毎日が楽しかった。疲れたまま寝ることもなくなったし、起きた時に溜息をつくこともない。受験の不安はあるけど、正直もう受かるところならどこでもよかった。

大事なのはなによりも今だ。今を逃せば俺はもう一生楽しめない気がした。

俺は特に行きたいところがないと言うと、みんなが合格祈願をしようと生田《いくた》神社に行くことになった。勉強もしないで願うだけなのはどうかと思ったけど、行くだけ行くかと三宮で遊ぶついでに足を運んだ。

生田神社は大きな神社で、初詣の時なんてすごい人が集まる。奥の方は森になっていて、散歩もできるから今日みたいな晴れの日は気持ちが良かった。

お参りをしてからみんなでお守りを買いに行った。学校の近所にある無人の神社と違い、ここは各種お守りが充実している上に可愛らしい巫女さんの笑顔も付いてくる。

黒田は仕事守りを買い、桜は俺が冗談でこれがいいんじゃないかと言った開運桜守りを買った。桜は小さな桜のお守りを学校鞄に取り付けると「どう？」と聞いてきた。

「いいんじゃないか。自己紹介もできて」

「あはは。これでメジャーデビューできたらなあ」

桜が楽しそうに笑う横で俺はさっき買った合格守りを見つめた。

大学に合格して、その先になにがあるんだろうか？　いつかは自分で自分の道を決めないといけない。俺はそれをただ先延ばしにしてるだけなんじゃないかと思ってしまう。

それに比べてこいつらには歩くべき道があった。最近みんなといるのにふとした拍子に孤独を感じてしまう。楽しいはずなのに、自分だけ取り残されたような感覚に襲われる。

だけどまた必死になって勉強しようとも思えない。いくらやっても義務を果たしているだけで喜びはなく、毎日流れ作業をこなしているみたいに思えて仕方がなかった。

流れに乗ることもせず、かと言って自分で流れを作れるわけでもない。いくら自由を求めたところで俺は相変わらず俺のままだった。

小さな溜息が蒸気となって流れていくと、俺の手に風逢がそっと触れた。

「はい。これ」

なんだと思って手首を持ち上げると、そこには紺色のたまきが結ばれていた。

たまきは今で言うブレスレットで、メビウスの輪が付いた細い紐だ。縁結びのお守りで有名だった。よくカップルなんかが紺と赤のペアを買っている。

そして風逢は赤のたまきも買っていた。

「え？　これって」

「どうせならお揃いにしようかなって。その方が迅もいいでしょ？」

はにかむ風逢を見て俺は思わずドキドキした。桜も俺の手首を見て「あ」と声を漏らす。

これはつまりそういうことかと喜んでいた俺だったけど、最後まで風逢が赤のたまきをつけることはなかった。


「でね。これ、迅とお揃いなんだ」

夜。エドさん宅にやって来た風逢がたまきをコペンに見せると俺はガックリと肩を落とした。まさかコペンとお揃いとは……。

コペンは不思議そうにくんくんとたまきの匂いを嗅《か》いでいる。風逢はコペンを抱っこして、たまきを首輪代わりに装備した。それを見てエドさんがニコリと微笑む。

「よかったですね。首輪してないと危ないですから」

エドさんの心配も知ってか知らずか、風逢に解放されたコペンは自分の首に付けられたものが気になるらしくて下を向き続け、ついにはひっくり返った。

一回転してきょとんとするコペンを見てみんなが面白そうに笑う。

風逢は嬉しそうに「これで迷子になってもちゃんと見つけてもらえるね」と微笑んだ。

「……風逢はつけないのか？」

がっかりしてそう聞くと、風逢はこくんと頷いた。

「うん。わたしはいいの」

笑顔を見せる風逢があの夜、街を眺めていた時と重なり、俺は別の意味でドキリとした。

でも一抹の不安は楽しげにコペンや周りの皆と笑い合う風逢を見るとすぐ消し飛んだ。

最近はこんな風に風逢と一緒にエドさんの家に行くことも増えた。エドさんはいつも笑顔で俺を迎えてくれた。ほかの透明人間の人たちもだ。

風逢は俺達と行った場所のことを楽しそうに話して聞かせた。

嬉しいことに最近少しずつだけど風逢が周りの人に認識されるようになっていた。黒田や桜なんかも風逢がわざわざ触れなくても話しかけるだけで気付いてくれている。

自惚《うぬぼ》れじゃない。俺が風逢を助けてる。その実感が確かにあった。

きっと透明人間っていうのは会うべき人に会ってない人達なんだ。

みんなそうだけど、誰かに会うための努力をしなければ人は人と繋がれない。

この人達も頑張ってみれば居場所が生まれて透明じゃなくなるかもしれないんだ。

俺は酒を飲みながら風逢の話に耳を傾ける秋武《あきたけ》さん達に提案してみた。

「その、ここって普通の人達に開放することとかできないんですか？」

「普通の人？　どういう意味だい？」

「だからその、透明人間じゃない人達もこの集まりに参加できないのかなって」

すると秋武さん達はなんとも言えない表情で顔を見合わせた。

俺としては変なことを言った自覚はない。俺も透明人間じゃないんだ。

返答に困っている秋武さん達を助けるようにバーカウンターの奥からエドさんが笑いかけた。

「残念ながらここは透明人間かそれが見える人しか来られないんです」

「あ。そっか。じゃあ他の店に行って演奏するとかはどうですか？　あのレベルだったら絶対やらせてもらえますよ」

いやな沈黙が流れた。これじゃまるで俺がなにも知らない子供みたいだ。

箱木《はこぎ》さんが眉をひそめてなにかを言おうとした時、それより先に秋武さんは告げた。

「迅君。わしらのことはほっといてくれ」

「……いや、でも――」

「君の言いたいことは分かる。そしてそれは正しい。だがね。人と繋がることで苦しむ人間もいるんだよ。それに我々にしたらここでこうしているのだって中々大したことなのさ」

秋武さんの言うことに理解はしながらも俺は咄嗟に反論しそうになって口をつぐんだ。

そんな俺を見て秋武さんは髭を触りながら苦笑した。

「勘違いしないでおくれ。責めてるわけじゃない。むしろ君の心根には感謝すらする。だがね。やはり簡単じゃないのさ。我々が人を信じるってことは。分かってくれるね？」

俺は頷くしかなかった。納得はできる。だけどもったいない気もした。

たった少し動いてみるだけなんだ。それだけで世界は大きく変わる。

俺はそれを風逢に教えてもらった。この人達も努力はしたのかもしれない。だけど今は諦めてしまってる。俺にはそれが寂しかった。

なにより風逢もそうなってしまうんじゃないかと怖くなる。

黙り込む俺に箱木さんは「ここがあるだけで十分なのよ」と呟いた。

俺はそれ以上なにも言わなかった。この人達を助ける方法は分からない。どうにかしてあげたいと思う反面、無力な俺がなにを言っても無責任で自分が益々薄っぺらく感じた。

だけど風逢は別だ。風逢には俺がいる。

不思議そうに俺を見上げる風逢はかわいくて、守ってあげたくなった。

俺が微笑みかけた瞬間、風逢の体がすうっと透けた。

俺はゾッとして目を見開いた。すぐさま手を伸ばそうとするけど風逢が消えたのはその一瞬だけだった。ホッとすると風逢が首を傾げた。

「どうしたの？」

「……いや、べつに」

俺は額に汗が滲むのを感じながら、なんとか平静を装った。

そうだ。風逢はこの人達と違う。風逢には俺がいるんだ。

消えてなくなるなんてあるわけない。俺は自分にそう言い聞かせた。


次の日の昼休み。俺達は音楽準備室で机を囲んで大富豪をしていた。

桜が8切りした後に黒田と俺は眉をひそめる。さっきから俺達二人で貧民を回していた。

「今日はどこ行く？」

桜が4のペアを出す。俺はなけなしの9のペアを出した。

「べつに俺はどこでもいいけど」

黒田はニヤリと笑ってクイーンのペアを重ねる。

「最近遊んでばっかでそろそろ金もなくなってきたし。あんまり金がかからないところに行くか。いっそみんなでバイトするのもアリかもな」

風逢は「バイトってしたことないなあ」と言ってエースのペアを重ねた。

俺としてもそろそろ母さんからお金をもらう口実が尽きてきたところだった。

すると桜が「あ」となにかを思いついた。

「ルミナリエってまだやってたよね？」

ルミナリエは毎年十二月に旧居留地でやるイルミネーションだ。

俺達が生まれる前に起きた阪神淡路《あわじ》大震災の被害者を追悼するために始まって、子供の頃は毎年家族で見に行ってた。父さんや母さんは全てが崩れ去った街を知ってるから感慨深いらしい。正直復興してからの神戸《こうべ》しか知らない俺としてはいまいちピンとこなかった。

「多分やってると思うけど。そういや最近は行ってないな」

「俺は毎年行ってるけどな。うちも少ないながら協賛金出してるから」

こういうところは真面目な黒田は呆れていた。桜は風逢に聞いた。

「風逢ちゃんは？」

「わたしも最近は行ってないかな。きれいだよね。なんか別の世界みたいで」

風逢は昔を懐かしむように微笑む。

それを見て俺も記憶を探った。たしかに初めて見た時は感動した。

暗闇の中に煌々《こうこう》と輝く光の世界。それも遊園地とかにあるのとは違い、ある種の思想を感じさせる造形が小さかった俺を圧倒した記憶が残ってる。

でも最近は親と一緒に外出するのが恥ずかしくて行かなくなっていた。

なんだか無性に見たくなってきた。入場料もいらないから学生でも気軽に行ける。

そう思ったのは俺だけじゃなかったみたいで、黒田と桜が笑顔を見せた。

「決まりだな」

「だね。今夜はルミナリエで」

「異議なし」

全員が賛成したあと、風逢が革命を起こして俺は貧民から富豪に返り咲いた。


その日の夜。三宮の隣にある元町《もとまち》駅で俺はみんなを待っていた。

早く来すぎた。どこか暖房の効いたところに移動するか悩んでいると桜がやってきた。

「おまたせ。風逢ちゃんは？」

「まだみたいだな」

俺は念のために辺りを見渡した。それでもやっぱりいなくて桜に向き直す。

「寒くないか？」

「あたし？　どうだろ。電車の中は暑いくらいだったから」

「そうか。ならいいけど」

「あはは。心配してくれるんだ？」

「もうすぐライブとか言ってたからな。風邪《かぜ》でもひいたら大変だろ」

「だねえ。せっかく毎晩遅くまで練習してるんだし。ここまで来たら出たいよ」

授業中はほとんど寝てるから、多分朝までやってるんだろう。プロに交ざってやるんだからプレッシャーもあるはずなのに、桜からはそんな気配は微塵《みじん》も感じなかった。

しばらく黙って並んでいると、桜が少し照れながら口を開いた。

「なんかさ。二人で話すのって久しぶりじゃない？」

「そうか？　ああまあ、いつもは黒田がいるもんな」

「最近は風逢ちゃんも一緒だしね。かわいいよね。元気だし、自由だし。でも危なっかしくて目が離せない感じ」

「そうなんだよな」

俺は答えながら目では風逢を探していた。普段は降りない駅だから迷子になってるのかもしれない。その場合はどうやって見つけようか。

すると桜が前にやってきた。じっと見つめられるとなんだか少し怖い。

「……なんだよ？」

「迅はさ。どうしたいの？」

俺は心の中を見透かされてるように思い、ドキリとした。

「……どうって？」

「これからのこと。クロがさ。心配してたよ。あたしもだけど。ちょっと前まで受験がんばってたのに今は全然だし。どうするつもりなんだろうって」

「……そうだな。でも今は風逢が——」

「風逢ちゃんじゃなくてさ。迅がなにをしたいか聞いてるの」

桜の目は鋭くて、俺は思わず視線を逸らした。桜は小さく嘆息する。

「人の夢と自分の夢は別物だよ。いくら風逢ちゃんを追いかけても風逢ちゃんの夢までは手に入らないからね」

「…………俺は、べつに……………………」

言い返せなかった。俺は自分にない夢を風逢に見てたのかもしれない。

でもそれが分かったからって桜や黒田みたいにしたいことがあるわけじゃない。

俺が黙っていると桜は気まずそうに笑い、再び隣にやって来る。

「ごめん……。なんか偉そうだったね」

「いや……まあ……」

桜はため息をついてから行き交う人達を見つめた。

「最近迅のことが見えなくなってる気がしたんだよね。そこにいるのにいないって言うか。分かってたはずなのに分からなくなるって言うか……。それがさ。ちょっと怖かった」

俺はなにも答えられずにただ桜と同じ方を向いた。

俺だって俺のことが見えていない。だからこそ他人のことが気になるのかもしれない。他人と比べてなんとか自分のいる場所を確認している。それに意味なんてないのに。

視界の端で桜が寂しげに笑うのが見えた。

「でもそんなことあるわけないよね。だって迅は迅なんだから。ごめんね。もう暗い話はしないから。せっかくのルミナリエだもんね。もっと楽しまないと」

俺がなんとか「……そうだな」と答えると桜のスマホが鳴り、この話は終わった。

俺はモヤモヤしながらも桜の言葉を頭の中で繰り返した。

『迅はさ。どうしたいの？』

俺はどうしたい？　なにをしたいんだ？　風逢と一緒にいても明確なものはまだなにも見つかっていなかった。

晴れたはずの頭の中に再び靄がかかる。一瞬、手に入れたはずの自由が遠ざかるような感覚に陥った。このままでいいはずなのに、その先を見たくないような、そんな気がした。

風逢と合流した俺達はルミナリエを目指した。

「クロも一緒に来れたらよかったのにねえ」

桜が残念そうにスマホを見つめる。

黒田は直前になって募金のボランティアを仰せつかったせいで来られないそうだ。

「あいつも色々あるんだろう。地元企業の跡取りなんだし」

「大変だねえ。まあ来ないもんは仕方ないか。にしても迅。両手に花じゃん」

桜がからかうように笑うので、俺は肩をすくめた。

「桜だけに？」

「いや、そういうのいいから」

俺と桜のやりとりに風逢は隣でクスクス笑っていた。

ルミナリエまでは封鎖された道路を歩いていく。普段歩けない場所なのでワクワクした。目的地まではそこそこあるけどイルミネーション以外に神戸の街もライトアップされてるから景色が賑《にぎ》やかで気にならない。

特に百貨店や洋風の建物が並ぶ旧居留地周辺はきれいだった。ここは本当に普段見ている場所なのかってくらい現実離れしている。

進むにつれてだんだんと混んできて、俺達はペンギンみたいな歩幅になっていた。疲れてくるとマフラーを巻いた風逢が俺の隣でおなかを押さえる。

「おなか空いた～」

「もうちょっとしたら屋台があるからそこまで我慢な」

「屋台かあ。久しぶりだなあ。なに食べよっか？」

「それよりあんまり離れるなよ。ここではぐれたらもう会えなくなるから」

「うん」

普段なら自由に歩き回る風逢も今日ばかりは俺の隣をキープして歩いてくれた。距離も近く、それが内心嬉しい。するとも桜が呆れたように言う。

「よく言うよ。迅の方こそ昔からよく迷子になってたのに」

「いつの話だよ……」

「いつって、小学校の遠足もそうだったし、中学の修学旅行もそうだったじゃん」

「……よく覚えてるな」

「そりゃ覚えてるよ。探すの大変だったし」

そう言うと桜は優しく笑った。

俺としては自分が迷子になってるって認識は薄かった。気づいたら周りが自分から離れていく感覚だ。俺はただじっとしているだけなのに、周りは進んでいくような。

すると風逢が俺の手を握った。俺がびっくりしてると風逢が無邪気に笑う。

「じゃあみんなでこうしたらいいんじゃないかな？」

手袋越しだったけど、俺は風逢の体温を感じてドキドキした。熱くなった顔で桜の方を見るとなぜか桜も顔を赤くしている。

桜はやれやれと言わんばかりにかぶりを振ると反対側の手を握った。

「し、仕方ないなあ」

なんだこの状況？　なにが始まる？　マイムマイムか？

顔を熱くしながら動揺していると人混みが動き、前方が開けた。

その瞬間、目の前に光の宮殿が現れた。

色鮮やかなＬＥＤが柱や屋根を作り出し、本当に建物があるみたいな錯覚に陥《おちい》る。

そこだけ一際まぶしく、神々しくすらあった。その圧倒的な存在感に飲み込まれる。

視界を征服する光の世界に俺だけじゃなく、風逢と桜も目を奪われていた。

「わあ……」

「きれい……」

二人とも口をぽかんと開けて幼稚園児並の感想を述べている。その上俺達は手まで繋いでいた。並どころかそのまんま幼稚園児だった。

俺達はほとんど呆けたまま流れに身を任せてイルミネーションの中に入っていった。

光のトンネルに囲まれると本当に別の世界に来たみたいだ。どこかオリエント風の造形が輝き、四方八方から照らされる。

周囲の人が電飾を見つめて感想を言い合ったり、スマホで写真を撮ったりしてる中、俺はただただ呆けていた。情報量が多すぎて頭がついてこない。

光の洪水に感動していると風が吹いた。

ふと視界の端で見覚えのあるきれいな金色がなびいた。なんだろうと思ってそちらを見るとエドさんだった。

遙か前方でエドさんは自分と同じ色の髪をした美人な外国人となにかを話していた。その女性とエドさんは親しそうだった。モデルみたいな女性に周りの男達は注目している。

俺はそこで妙な違和感を覚えた。上手く言い表せないけど、変な感じがした。

だけどそんな違和感は右手に感じた異変がかき消した。風逢が手を離していた。

「あ。コペンだ」

「は？　コペンがこんなところにいるわけないだろ。それより離れるなよ」

「コペン〜」

俺の言葉も聞かずに風逢の小さな体は子猫のように人混みをすり抜けていく。

俺は慌てて桜から手を離し、風逢を追いかけた。後ろから驚いた桜の声が聞こえる。

「迅!?　どこ行くの!?　置いてかないでよ！」

「ちょっと待ってろ！　風逢をつれてすぐ戻るから！」

俺は振り向かずに風逢を追いかけるが人混みでなかなか進めない。なんとか体を滑り込まそうとしたけど、足が引っかかって前に転《こ》けてしまう。

とっさに俺は目をつむった。俺の体は人にぶつかり、下手をしたら大惨事を引き起こす。

そのはずだった。

なのに俺は誰にもぶつからずに地面に手をついた。

あれだけ人がいたのに変だなと思って目を開けると、辺りから人が消えていた。

「……え？」

気づけば俺はたった一人で光のトンネルの中にいた。


ここはどこだ？　みんなはどこに行った？

突然の異変に俺は周囲を見渡した。そこは先ほどと同じルミナリエの中だった。

だけど誰もいない。さっきまで辺り一面人だらけだったのに。

茫然としていると、背後でなにかが動く気配がしてすぐさま振り返った。

そこにいたのはコペンだった。光の中で白い子猫がぽつんと座って俺を見上げている。

「……コペン。本当にいたのか……」

俺が驚いているとコペンはにゃーと言って歩き出した。

「おい。ちょっと待てよ。風逢はどこだ？　お前を追いかけてたんだぞ」

当然コペンは答えない。小さなお尻をふりふり振って歩き続ける。

だけどそれもしばらくするといきなり現れた女性に抱きかかえられて止まった。

きれいな女性だった。それでいて不思議な雰囲気を持っていた。黒い髪は長く、細身でブラウンのコートに身を包んでいる。俺よりは年上だと思うけど、そう離れてないはずだ。

女性はコペンを見て朗《ほが》らかに微笑んだ。

「そう。君には全部見えてるのね」

女性はそう言ってコペンの喉を優しくなでた。コペンは気持ちよさそうに喉を鳴らす。

俺は訳が分からず動揺しながら女性に近づいた。

「えっと……、あの、その猫……」

「あら。あなたのお友達なの？　なら返さないといけないわね。はい」

女性は俺にコペンを渡した。受け取るとコペンは大人しく抱かれている。

俺は会釈《えしやく》したあと、疑問に思っていることを聞いた。

「あの……、ここってどこですか？」

「ルミナリエよ」

女性がすぐさま答えたので、俺はもう一度周りを見た。たしかにそうとしか思えない。

「やっぱりそうですよね……。でも、その、人が……」

「いるわ」

「え？」

いる？　どこに？

なぞなぞでも出されている気分の俺に女性は近くを指さした。

「意識の外に置いているから見えないし感じないのね。いると思えば見えるはずよ」

「いると思えばって……」

意味不明な説明に狼狽《ろうばい》する俺だったけど、彼女の言う通り意識してみるとハッとした。

いる。たしかに人の群れが見える。

それはいると言っていいのか分からないほど希薄だけど、静かに蠢《うごめ》いていた。

その半透明な一群は俺の体を通過していく。

「うわっ!?　なんだこれっ!?」

「なにって、あなたが求めていた人達じゃない」

女性は呆れていた。どうやらこの人も少しおかしいらしい。

「な、なんで透けてるんですか？」

「観察者であるあなたがはっきりと意識していないから、かしら。ここは箱の中なの。人が感じられない非局所性な場所らしいけど、難しいことは私もよく分からないわね」

女性は顎に人差し指を当てて悩んでいた。

観察者？　意識？　箱？　この人はなにを言ってるんだ？

状況を理解するどころか益々混乱を極める俺に女性は言った。

「あなたはここにいるべき存在じゃないみたいね。まだ呼んでくれる人がいるんだから」

女性は左の方を指さした。そちらを見ると半透明な桜が不安げな顔できょろきょろしている。時折口が開き、「迅」と呼んでいるのが分かった。

「ごくたまにいるのよ。こっちの世界に来ることができる人って」

「世界？　さっきからなに言ってるんですか？」

「ただの事実よ。信じられないならそれでいいわ。帰りたいんでしょ？」

俺がぎこちなく頷くと、女性は告げた。

「あなたは透明人間じゃないみたいだからそのままトンネルを進めば隙間から帰れるわ」

透明人間。この人もそうなのか？　いや、それより……。

「……じゃあ俺が透明人間だったら？」

「透明人間は戻れないわ。透明人間である限りわね」

女性はニコリと微笑んで掌を俺の前方へ向けた。

「さあ行って。決して振り向いてはいけないわ。前だけ向いて歩き続けるの。いいわね?」

俺は緊張しながらも頷いた。よく分からないけど、ここから出られるならなんでもいい。とにかくここはダメだ。俺には寂しすぎる。熱が、存在が希薄で寒気がする。

俺がゆっくり歩き出すと、すれ違いざまに女性は言った。

「ああ。そうそう。エドに言っておいて。百合《ゆり》は後悔もなく自由にやってるって」

「え? ちょっ、あんた——」

「ほら。振り向かないで歩き続ける。でないと変なところに飛ばされちゃうわよ」

俺は百合さんにそう言われ、慌てて横に向きかけた首を前に戻し、光のトンネルを歩き続けた。俺は前を向いたまま大声で尋ねる。

「エドさんとはどういう関係なんですか!?」

「言うのが少し恥ずかしい関係よ」

なんだそれ?

「ここはどこなんですか?」

「どこでもないわ。いつもあなた達の側にある、見方を変えた場所。そうね。あえて言うなら透明人間の世界かしら。ないと思えばないし、あると思えばあるの」

気づくと俺の目の前にトンネルの出口が迫っていた。そこで俺は最後の質問をした。

「あんた、一体なんなんだ?」

「ただのかわいい透明人間よ」

声からして百合さんが笑っているのが伝わった。

まだまだ聞きたいことが山ほどあった。だけどそれも全身を光に包まれると引っ込んだ。

目が開けていられなくなり、瞑《つぶ》るしかなくなった俺は心底思った。

訳が分からん。だけど、どういうわけかここもそう悪くないと思う自分もいた。

もしかしたらずっとここに来ることを望んでいたのかもしれない。

同時にここにはなにかが圧倒的に不足していた。

それがなんなのかは最後まで分からなかった。

五話

瞼の向こうから感じる光が弱まったので、俺は恐る恐る目を開けた。

するとそこには先ほど同様ルミナリエの電飾があった。溢れんばかりの人混みも健在だ。

俺はホッとすると同時に混乱した。なんだかよく分からないけど戻ってきたらしい。

目の前に花時計を見つけて安心する俺の腕の中でコペンが暴れ始めた。なんだか前もこんなことがあった気がする。解放してやると、コペンは勢いよくジャンプした。

その着地先は近づいてきた風逢《ふわ》の頭の上だった。風逢は驚きながらも笑っていた。

「わっ！　もうコペン〜」

コペンはにゃーと言ってあるべき場所に戻ったような安心感を漂わせた。

俺は風逢を見て安堵《あんど》すると同時になぜだか寂しくなった。

「あれ？　なんでここに迅《じん》がいるの？　先回り？」

「……まあ、そんなもんだ。俺にもよく分からん」

「ふ〜ん。コペンを追いかけてたら迅がいるなんて面白いね」

こんなとんでも現象を面白いの一言で片付けられる風逢の方がよっぽど面白い。

さっきのことを説明すべきかどうかを悩んで困った笑いを浮かべていると、風逢の後ろから人の波がやってきた。小さな風逢は人波によって俺の方に押しやられる。

「わっ！」

「おっと」

俺はとっさに風逢の両肩を受け止めた。眼前に風逢がいると急に胸がドキドキし出す。

「だ、大丈夫か？」

「うん。ありがと」

風逢は照れ笑いを浮かべてお礼を言った。頭の上ではコペンが風逢にしがみついている。しばらくこうしていたい気持ちがあったけど、そんな俺達を周りの人達は鬱陶《うっとう》しそうに見ているのに気付いた。ここで立ち止まっていたら邪魔になる。

人がいないところまで移動しようと思った矢先、俺は視界の端に桜《さくら》を見つけた。目が合うと心配そうだった桜の顔が安心したように変わる。

桜は俺に向かって「迅」と呼んだあと、視線を下げるとすぐに顔がこわばった。そして口をつぐんだままこっちへ来た。俺は風逢から離れて片手を軽くあげる。

「悪いな。いきなりいなくなって」

「……そういうことだったら先に言ってよ。ごめんね。あたし空気読めなくて」

桜は笑っていたけど言葉の端々から怒っているのが伝わった。

「は？　お前なに言って――」

「募金お願いしまーす」

俺の反論を遮《さえぎ》って、聞き覚えのある声が背後から飛んできた。

振り向くと募金箱を持った黒田《くろだ》が呆れ笑いを浮かべて立っている。

「お前らさ。流れを遮るなよ」

「あ。悪い」

黒田は謝る俺と俯《うつむ》く桜を交互に見たあと、コペンを頭に乗せた風逢を見つけて嘆息した。

「俺もあとちょっとで終わるから一緒に帰ろうぜ。桜も。車出すからさ。それまで屋台で飯でも食っといてくれ。な？」

黒田の提案にも桜は疲れた顔でかぶりを振った。

「いや、いい。あたしは一人で帰るから。送るなら二人を送ってあげて」

そう言うと桜はあからさまに不機嫌な顔で駅の方へと歩いていった。

「おい。桜。ちょっと待てって！　迅！　これもっといて！」

黒田は俺に募金箱を渡すと心配そうな顔で桜を追いかけた。

二人がいなくなったルミナリエで、俺と風逢とコペンは半ば途方に暮れた。

いつまでも突っ立てるわけにもいかないし、お腹も減ったので屋台に向かうことにした。

俺は揚げ餅を、風逢はいちご飴を買って近くの花壇に座って並んで食べた。

足下に置いた募金箱を眺めながらさっき起きた出来事を思い浮かべる。エドさんを見かけたこと、ここと同じような別の世界で百合《ゆり》さんと出会ったこと、桜が怒って帰ったこと。

……ダメだ。一度に色々起こりすぎて頭がついてこない。

隣の風逢なら透明人間の世界についてなにかを知ってるかもしれないけど、聞かない方がいい気がした。となれば聞けることは限られてくる。

「……なあ、エドさんを見なかったか？」

「ううん。あ。でもコペンがいるならエドさんがいてもおかしくないかもね」

風逢は納得してコペンにもいちご飴を分けてあげた。コペンは赤く煌《きら》めく飴を見つめたあと、ぺろっと舐《な》める。そして嬉しそうに目を輝かせた。

「エドさんってどんな人なんだ？」

「どんなって？」

「いやだから、どういう風に会ったのかなって」

「えっとね。少し前にわたしが透明人間になって、悩んでた時期があったんだ。そしたらエドさんがわたしを見つけてくれて、同じ透明人間が集まるあのお屋敷に入れてくれたの」

「ふうん……」

俺が違和感を覚えながら揚げ餅を食べていると、風逢が顔を覗き込んだ。

「ねえ、迅は桜ちゃん追いかけないでいいの？」

「……まあ、黒田がいるからいいだろ」

そっちの方が二人きりになれるだろうし。俺も今は自分のことで精一杯だからな。

「そっか……」

どうやらあまりいい返答じゃないことが風逢の表情を見れば分かった。

それでも今の俺にとって一番大事なのは風逢だった。

桜や黒田は昔からの友達だ。ちょっとやそっとのことじゃ離れない。

だけど風逢は違った。目を離せば一瞬で消え去ってしまうような怖さがある。

だから俺は風逢のそばを離れなかった。いや、もう離れることができなかった。

それだけ今の俺にとって風逢は必要な存在だった。風逢がいなければ自分もいなくなるような気がするほどに。

しばらくすると黒田からメッセージがあった。

『俺達先に帰るわ。お前もあんまり心配かけるなよ。少しは桜の気持ちも考えてやれ』

ＬＩＮＥを見て俺は眉をひそめた。心配なんてかけてるつもりはない。桜がなんで怒ったのかはいまいち分からないけど、俺にだって俺の事情があるんだ。あんな訳の分からん状況に晒されたんだぞ。頭の中を整理するのだけでも大変だった。

なにより説教されたみたいで気分が悪い。お前達が大事なものを見つけたように、俺だってようやく見つけたんだ。

スマホをポケットに戻すと隣で風逢がコペンと遊んでいた。またいちご飴を舐めたいコペンが風逢の体をよじ登り、風逢は「もうダメだよ～」と笑いながら抵抗している。

どこまでも無邪気で、どこまでも自由だ。可愛くて、思わず抱きしめたくなる。

やっぱり風逢にはあの世界の話はしないでおこう。あそこは風逢には関係ない場所だ。自分にそう言い聞かせながら、笑顔の風逢とその後ろで輝く光の景色がびっくりするほどよく似合っていて、それがまた俺を少し怖がらせた。


ルミナリエに行ってから一週間以上が過ぎた。

あれから俺達が四人で会うことは随分減った。

黒田はバイクの免許を取りに行かないといけないし、桜はバンドの練習が忙しいらしい。だけど俺は風逢と二人で色んな場所へ行っていたからべつに寂しくはなかった。風逢も俺と二人の方が気楽そうだ。やっぱり見えてない人といるのは色々大変なんだろう。俺は俺で大変だけど、その大変さがまた心地よかった。

薄々気づいていたけど、風逢は誰かと一緒にいることがあまり得意じゃない。べつに人を嫌ってるわけじゃないと思う。だけど気にしすぎると言うか、自然体に見えてやっぱり意識してしまっている。

それは俺も同じだ。人の中にいればいるほど俺ってものが薄まっていく気がする。逆に人の中で生きるのが上手い奴もいる。黒田なんてそうだ。ああ見えてもリーダーシップがあるから周りに人が増えれば増えるほどその力が発揮される。

桜も一見我が強そうに見えるけどなんだかんだで空気を読んで動く。だからバンドなんかぴったりだろう。グループの足りないところを埋めて、しっかりと意見を言える奴だ。

あいつらは人の中で自分を活かしながら生きられるタイプの人間だった。でも俺と風逢は違う。俺達は人が増えれば増えるほど自分の色が消えていく。どんどんと薄まり、最後には風景と同化してしまうほどに。

風逢が今夢中になっているのが風景のスケッチだった。色んなところに行ってはスケッチブックとシャーペンを取り出してお絵かきをしている。この絵がまた上手かった。

今日は山側の斜面にできた住宅地の一角にある階段をのぼり、そこから見える風景を描き取っていた。神戸《こうべ》は山に向かって少し歩けば傾斜になってるから、街全体がよく見える。

山沿いに続く住宅街。建設中の高い駅ビル。そのずっと向こうには港があった。

「相変わらず上手いな」

「一人の時間はたくさんあったからずっと家で描いてたんだ。死んだおじいちゃんの道具を使わせてもらってるの」

「へえ。じいさんも絵が上手かったんだな」

「うん。結構前に死んじゃったからあんまり会ったことないけど」

風逢は会話しながらもさらさらと描いていく。

澄み渡った空、少し暗い海、新しさと古さが同居した街並。緑道の木々。そのどれもが風逢のまっすぐな瞳から入っては小さな手から出ていった。

だけど風逢の絵にはほとんど人がいなかった。

描いたとしても風景の一部として簡略化したものだけだ。風逢にとって人は景色の中の一部でしかなく、同時にそれは周りの人間から見た風逢もそうだった。

風逢の描く世界はどこまでも孤独が広がる。この風景の中に俺はいない。

いつか、風逢の景色に俺がいられることはあるんだろうか。

「……なあ、風逢の夢ってなんだ？」

突然の質問に風逢はぽかんとしてからう〜んと悩んでみせた。

「夢……かぁ……。色々あるけど、あえて言うなら自由で居続けることかな」

いまいちピンとこないでいると、風逢は少し困った風に笑う。

「えっとね。自由でいるってことはどこに行っても誰といても自分で決めるってことだと思うんだ。その代わり結果がどんなものだろうと受け入れないといけないけど」

小さな風逢からは想像もできないほど強くて大きな言葉が出てくる。俺はそのたびに面食らい、情けなくなった。

風逢は夢を叶えたんだ。だけどその夢が本当に叶えたかったものなのかは分からない。

人は誰だって本当に望んだ夢は叶えられない。子供の頃に並べた大言壮語は大人になるにつれ萎《しぼ》んでいき、いずれは手の届くものに落ち着いていく。

風逢の夢も本当の夢でなく、敗れ去ったあとの残骸に手を伸ばしただけかもしれない。

たとえそうだとしても手を伸ばす夢さえない俺にとっては羨《うらや》ましい限りだ。

「あ。じゃあ迅の夢は？」

風逢に聞き返され、俺はドキッとしてすぐさま苦笑を浮かべる。

「俺？　俺はべつにないよ。俺にはなんにもないからさ。運動ができるわけでもないし、なにか作れるわけでもない。なりたいものや、やりたいこともだ。だから勉強してみたけど、俺よりできる奴はいくらでもいるわけで。おまけに学力があっても使い道がない」

自分で言ってて自然と溜息が出た。

「つまりさ。俺は空っぽなんだよ」

こんなことを誰かに言うのは初めてだ。親にも黒田達にも言ったことがない。言ったところで理解されないだろうし、笑われるのもいやだった。

目を見れば分かる。やりたいことや、やるべきことがある奴らはいつだって迷いがない。鏡に映る死んだ魚の目をした俺とは違うんだ。だからこそ憧れて、同時に憎んだ。

でも風逢は違った。風逢の瞳に見た輝きはもっと純粋で美しかった。それはもう、嫉妬することすらできないほどに綺麗だった。

風逢は捨てたんだ。ほとんどの人がなにかを得るために生きているのに対して、風逢は捨てることでなによりも尊いものを手に入れた。周りが持っているものをなんとか得ようとして生きてきた俺にとってはその存在自体が目から鱗だった。

俺はみんなと同じように得ることはできないかもしれない。だけど、捨てることならできるんじゃないか。そう思うと気が楽になる。

俺が感傷に浸っていると風逢は意外そうにする。

「空っぽ？　迅が？　わたしはそんなことないと思うけどなぁ」

「あるんだよ。俺にできることなんてたかが知れてるんだ。あっても他人がやれることをやるだけだ。いてもいなくてもどっちでもいいんだよ」

「でもわたし達が見えてるでしょ？　それって迅にしかできないことだよ」

「……そうかもしれないけど」

それでどうにかなる世の中じゃない。人には見えないものが見えますなんて言えば世間からは頭のおかしい奴だと笑われるだけだ。

俺が欲しかったのはそんなものじゃない。もっと誰かに誇れるものなんだ。

そして俺にはそれがまるでなかった。まさしく空っぽだ。

悩む俺を見て風逢は苦笑した。

「やってないことの可能性を否定するなって言ったのは迅なのに」

俺は答えに窮した。我ながら無責任な言葉だ。本屋の実用書の棚に並んでいる言葉と変わらない。言うのは簡単だ。だけど実行するとなれば難しい。人が簡単に変われるならあんなものはたちまち売れなくなるだろう。

俺が黙り込んでいると、風逢は困っていた。

「ねえ。わたしと一緒にいて楽しい？」

「でなきゃ寒空の下でスケッチになんて付き合わないよ」

「そっか。ならいいけど」

意味深な言葉に俺は少し不安になった。

「……どういう意味だ？」

「ううん。迷惑になってないかなって思っただけ。わたしと一緒にいると不幸になるから」

空の向こうを見つめる風逢の瞳に儚《はかな》さを見て、俺は弱気になっていたことに気付いた。

「そんなことない。俺は風逢と会えてよかったたってずっと思ってるよ」

言ってて恥ずかしかった。でも言わないといけないことでもあった。

恐る恐る風逢の顔を見ると一瞬喜んだあとにどこか寂しげな笑みを浮かべた。

「……ありがと。わたしも迅と出会えてよかった」

微笑する風逢を見て色んな考えが頭によぎった。

聞きたいことがたくさんある。だけど踏み込んだら最後、風逢を失ってしまうかもしれない。そう思うとなにも言えなかった。

夜になると俺達は近くの牛丼チェーンで夕飯を食べた。

風逢曰《いわ》く「一回来てみたかったんだよねえ」らしい。女子高生が一人で牛丼を食べに来るのは恥ずかしいそうだ。その割に超特盛をペロリと平らげてる。

腹ごしらえを終えた俺達はエドさんちに向かった。だけどエドさんの屋敷を見つけられなかった。最近ずっとだ。百合さんからの言伝《ことづて》もまだ伝えられてない。

「……やっぱりないな。コペンもいないし」

「多分だけど、準備ができてないんだよ」

「準備？」

「うん。エドさんが留守にしてるとか。透明人間の館だからね。中に人がいないと見えないのかも。透明な器に中身が入ってないとその形が分からないみたいな感じ」

「……なるほど」

分かるような分からないような説明だったが、現に見えないなら納得するしかない。

「でもそうならみんな困るな。ここしか来るところがないのに」

なくなってから気付くとはよく言うけど、ここもそうだ。誰にも見えない人達が唯一集まれる場所なのに、それ自体がなくなったらあの人達はどうなるんだろうか？

一瞬ルミナリエの時に見た空虚な光景が脳裏をかすめた。誰もいない、誰からも見えない世界。透明人間を待っているのがあれだとしたらあまりにも儚い。

風逢は寂しそうに頷いて歩き出した。

きっと風逢は家に帰りたくないんだ。だからエドさんちに遅くまでいるんだろう。

あそこにいれば少なくとも孤独を感じることがない。同じ透明人間同士身を寄せ合って
なんとか存在を確かめられる場所だ。

どれだけ傷ついても、それが自分だけじゃないのなら耐えられる。

本当は俺が風逢の居場所になれたらいいんだけど、生憎《あいにく》自分の居場所すらなかった。

情けなさを胸に駅に辿り着くと、風逢は俯《うつむ》いたまま呟《つぶや》いた。

「……なんか、帰りたくないかも」

顔を上げた風逢はつらいのを我慢するように微笑んだ。

俺は一瞬呆けて、次には戸惑った。嬉しさや下心より戸惑いが来たことにまた戸惑う。

俺が困っていると風逢が続けた。

「だから……、迅の部屋に行っていい？」

「……………は？」

俺は馬鹿みたいな声を出してぽかんとした。


そこから先はあまり覚えてない。気付いたら俺は風逢と一緒に自分の家の前にいた。

未だになにが起こってるか分からず、頭の中がふわふわする。

「……やっぱり他にしないか？　親にバレたらさすがにまずいって言うか……」

受験勉強の真っ最中に女の子を自分の部屋に連れ込んだのがバレたらどうなるか。考えただけでも恐ろしい。

だけど風逢はそんなことも気にせずニコッと笑った。

「大丈夫だよ。わたしは透明人間だから」

そうだった。バレるもなにもそもそもこちらからなにかしない限りは気づかれないんだ。

いや。違う。そういう問題じゃない。風逢が俺の部屋に来るってこと自体が問題なんだ。

だけど風逢を家には帰らせたくない気持ちもあった。

俺は渋々玄関のドアを開けた。風逢は俺に触れないよう先に入った。続いて俺も入り、音を立てないようにドアを閉める。いつも帰る家なのに緊張で違った場所に見えた。

この時間だと二人ともリビングか？　なら早く風逢を二階にあげて――

「あら。もう帰ったの？」

突然パジャマ姿の母さんが洗面所から出てきた。俺を見つけて意外そうにする。

心臓がドクンと跳ね、危うく止まりそうになる。俺はちらりと風逢の方を見た。

風逢は俺の右前方で後ろ手を組み、大人しくしている。

母さんが不思議そうに俺と同じ方向を見たので、慌てて口を動かした。

「う、うん……。今日は家でやろうかと思って。最近自習室が混むんだ。ほら。風邪《かぜ》でもうつされたら大変だから」

「そう。ごはんは?」

「帰りに牛丼食べてきた」

「またそんなものばっかり食べて。ちゃんと野菜もとらないとそれこそ風邪ひくわよ」

「分かってるよ……。じゃあ、部屋でやるから」

俺が目配せすると風逢が先回りして階段を登りだした。

俺も続けて登ろうとすると、目の前で風逢が足を滑らせ、小さく「わ」と声を出す。

すると母さんが俺を呼び止めた。

「迅」

俺は思わず体を硬直させ、首をギチギチと母さんに向ける。

泣きたくなった。子供の頃に窓を割った時と同じ気持ちだ。

「な……、なに?」

「帰ったらちゃんと手洗いうがいしなさい。いつも言ってるでしょ?」

「う、うん……。着替えたらするよ」

俺の返事を聞くと母さんはリビングに入っていった。それを見て俺と風逢は一息つく。だけど母さんはすぐに戻ってきて再び俺達はギクッとする。

「しなきゃ夜食はなしだからね」

「分かったって！」

思わず声が大きくなるけどそれも仕方ない。

母さんには角度的に見えてないけど、足を滑らせた風逢が俺にしがみついていた。もし今階段を覗かれたら確実に風逢のことが見えていたはずだ。

母さんがリビングに入ると、父さんが「なんだ。あいつは帰ってきてるのか？」と言う声が聞こえた。母さんが「そうみたい」と答えるのを聞き、俺達は安堵した。

なんとか自室に避難すると、風逢がクスクス笑い出した。

「あはは。焦《あせ》った迅の顔おもしろかった～」

「よく笑えるな……。こっちは生きた心地しなかったぞ……」

俺はエアコンをつけながらげんなりする。風逢は楽しそうにベッドへお尻を乗せた。

椅子に座って心を落ち着かせると、風逢と目が合い別の意味でドキドキしてきた。

そうだ。風逢が俺の部屋にいるんだ。おまけにベッドに座ってる。あまりにも分かりやすい状況に俺は思わず苦笑した。

「……で？」

「なにが？」と風逢は首を傾げる。

「これからどうするんだ？」

「どうって、なにも。あ。迅は勉強していいよ。わたしは絵でも描いてるから」

描いてるからって……。本当に描き出すし。なんだこの状況？

微かにあった甘い期待が少しずつ消えていくのを感じて、ガッカリしながらもホッとしていた。それが口から息として出てくる。

「……じゃあ、俺は勉強するか」

「うん。がんばって」

風逢は俺を一瞥するとスケッチブックにシャーペンを走らせた。

しばらくして俺は文句を言われないよう一度下に降りて手洗いうがいをした後、テレビを見る両親を横目に台所を漁り、二リットルのコーラとコップを二つ持ってきた。

自室に戻ると風逢がいるのがなんだか面白かった。自分の部屋にいるみたいなくつろぎようだ。俺はコップにコーラを注ぐと、風逢は「そこに置いといて」とテーブルを指差す。

風逢は絵に夢中だ。そこに色気は微塵《みじん》もなく、あるのはただ風逢らしさだけだった。

呆れ笑いを浮かべながら勉強しようと過去問を取り出すがさっぱり集中できない。

俺は目だけを動かしてちらりと風逢を見た。

風逢は夜が深くなったら帰るつもりなのか？　それとも泊まるのか？

それってつまり……。でも風逢だぞ？

しなくてもいい想定をしてしまい、気付けば風逢が部屋に来てから一時間が経過していた。時間に反してほとんど過去問は解けてない。これが本番なら間違いなく落ちてるだろう。

俺が嘆息すると絵を描き終えた風逢が話し出した。

「迅ってお母さんと仲いいんだね」

「え？　いや、べつにそんなわけじゃないと思うけど」

世話を焼かれてるだけだ。それに男としたら母親と仲が良いと思われるのは嬉しくない。

「でも心配してたよ？」

「あれは……ただの確認だよ。仕事があるし、もし風邪だったらうつされたくないんだろ」

「そうなのかな？」

そんなわけないのに風逢はいまいちよく分からないと首を傾げる。

そのせいでこのまま風逢を家に帰していいのか不安になってきた。

「じゃあお父さんとは？」

「……あいつとはあんまり良くないな。むしろ悪い」

「なんで？」

「なんでって……。考え方が古いんだよ。それに自分が正しいと思ってる。いつも偉そうだし、正直むかつくよ」

でもあいつの言ってることをもっともだと思う自分もいて、それがまたイヤだった。

俺は小さく息を吐いた。同時に風逢は、と聞きたいのを我慢する。

そんな俺の気持ちを見透かしたのか、風逢は寂しげな微笑を浮かべて窓の外を見た。

「わたしね。今はおばあちゃんちに住んでるんだ。でもこの前そのおばあちゃんも死んじゃったから帰るところを探し中なの。あそこにはもう家があるだけだから」

それで街を彷徨《さまよ》ってエドさんちに行ったり、俺んちに来たりしたのか……。

風逢は本棚の端っこで埃《ほこり》をかぶっていたアルバムを見て諦めたように微笑した。

「迅の部屋に住みついちゃおうかなって思ってたけど、やっぱりダメだよね」

「……俺はべつにバレなきゃいてくれてもいいけど」

照れながらもそう言うと、風逢は笑ったまま少し寂しそうに部屋を見回した。

「そういう問題じゃないんだよ。ここは迅と家族の家だもん」

風逢の言っている意味はよく分からない。それでも風逢が羨ましいと思っているのは分かった。こんな家族でも風逢からすれば憧れるのかもしれない。

それからまた風逢はしばらく絵を描き続け、俺も勉強を再開した。今度は慣れたのか少し解けるようになっている。

さっきまであった緊張が嘘みたいに逆転し、落ち着けるようになった。


夜食の鍋焼きうどんを風逢と分けたあと、俺はもう少し勉強してから風呂に入った。

風呂。そういや風逢はどうするんだろう？　さすがに一緒に入るとかは言い出さなかったし、やっぱり家に帰るつもりなのか？

だけど部屋に戻るとその考えは間違っていたと気付いた。

風逢がベッドの上で静かな寝息を立てて眠っている。

気付かれないように寝顔を覗くと、子猫みたいに無防備でかわいかった。

どうやら家に帰るつもりはないらしい。安心はしたけど、別の心配が頭をもたげた。

俺はそれを払うためにふーっと長い息を吐き、押し入れから夏用の布団を取り出した。

エアコンも効いてるし、これでなんとかなるだろうと思いながら床に敷く。

すると風逢が寝返りを打った。俺はなんだか悪いことをしているみたいな気持ちになって体をびくっと震わせる。それからもう一度息を吐いて、風逢に布団をかけてやった。

暖かくなると風逢は穏やかで心地よさそうな表情になる。それを見て俺は安心した。

俺が一緒にいれば風逢は寂しい思いをしなくてもいいんだ。だから俺は、俺だけは風逢を裏切らずにいないと。俺が風逢を守らないと。

そんな気持ちが大きくなればなるほど、風逢をどうにかしたいという気持ちが消えていった。それがなんとも心地よくて、俺は布団に入った。

風逢を守るためにはどうしたらいいのか。寝る前に色んな考えが浮かんだ。

大学に行ったら家から出て一人暮らしを始めて風逢を呼ぶとか。いっそ就職して風逢を養うとか。俺が風逢の家に住むって方法もある。

だけど、どれも風逢の自由を奪ってしまう気がしてしまう。

風逢には自由でいてほしい。だけどこれ以上傷ついてほしくない。

……くそ。俺はどうしたら風逢を守れるんだ？

考えがぐるぐると回った。思考の迷路にはまり込み、結局は答えが出ない。巡り巡って最後に分かったのは、俺には人一人背負うだけの度量がないってことだけだった。

○

明け方の四時に風逢は目が覚めた。見知らぬ風景に一瞬ここはどこだろうと悩む。目を擦《こす》りながら体を起こし、近くのカーテンをめくると満月が見えた。それを目にして、遂にこの日が来てしまったかと密かに思った。覚悟はしていたがいざとなると心細い。

風逢はぶるっと体を震わした。どうやら暖房が切れたらしい。再びつけようと思ったが、リモコンが見つからない。それが風逢に嫌な思い出を呼び起こさせる。

寒くなるとトイレに行きたくなった。風逢は迅を踏まないように気をつけ、鞄を持って一階のトイレに向かった。迅の両親は寝室で寝ているのか、家には人の気配が乏しい。

トイレを済ますと風逢はその足で風呂場に向かい、シャワーを浴びた。五分程度だったが気持ちが良かった。外泊することも考えて着替え一式は鞄の中に入っている。

他人の家で、しかも住人が寝静まった深夜に無断でシャワーを借りる。

風逢はその自由さに思わず笑ってしまった。

（こうやって人の家を間借りしながら暮らすのも悪くないかも。でもそれだと怖がられちゃうよね。わたしもお化けは怖いし）

風逢は風呂場に残る生活の跡を見つめた。

母親のクレンジングオイルが置いてある。育毛作用のあるシャンプーは父親のものだろう。みんなが仲良く同じ場所を共有していた。その光景に風逢は目を細める。

部屋に戻った風逢は床で眠る迅を見つめてなんとも言えない気持ちになった。

風逢は普通の人間と透明人間の間で揺れていた。その振れ幅は迅と出会った頃より大きくなり、今では随分彼の方に傾いてもいる。

それでもまだ風逢は不安だった。

迅がなにを思っているか、どう思っているかがきちんと分からない。迅は風逢のことを想ってはいてくれた。だけどそこに風逢の気持ちまでは入ってない気がした。

大事にするのと尊重してくれるのは違う。

本当にこの人を信用しきっていいのか？

迅を見つめながら風逢はそう考え、同時に信じたいとも思った。

だから風逢は迅の布団に入り込み、背中から彼の鼓動を静かに感じることにした。

○

これは、その、どう解釈したらいいんだ？

風逢が部屋の外に出た時から目が覚めていた俺は仰天《ぎょうてん》していた。

もしかして家から出て行くのかと不安になっていたら戻ってきて、安心したらこれだ。

訳は分からないけど背中で感じる風逢の吐息は俺の心をかき乱すのに充分すぎた。静かな部屋の中で俺の心臓だけがうるさく鳴り響く。それは風逢の息や微妙な動きで不規則に変わった。

これはそういうことだよな。ならせめて抱きしめるとかしないと風逢に失望される。そしたら俺は風逢を失うことに——

「迅。起きてる？」

風逢が小さく呟いた。それは寝ていたら決して聞こえないほど小さな音だった。

俺は答えられなかった。まだ心の準備ができてない。我ながら情けなかった。

風逢が小さく笑うのを背中越しに感じた。

「わたしね。信じてるから。最初に会った時、迅が言ってくれた言葉」

そこで風逢の言葉は終わった。俺はドキドキすると同時に困惑していた。

最初に会った時に言った言葉。あれ？　俺なんて言ったっけ？

……………足見せろ？　俺は初対面の女の子になに言ってるんだ。いや多分そうじゃない。

くそ。焦れば焦るほど思い出せなくなっていく。

もう分からん。分からんが、風逢に試されてるのだけは分かった。

俺は意を決して振り向いた。だけど握りしめた覚悟も風逢の寝顔を見たら吹っ飛んだ。

さっきまで起きていたはずの風逢はすやすやと眠っている。

「コペン～。迷子になっちゃダメだよ～」

寝言を漏らす風逢を見て俺は苦笑してから溜息をついた。どうやら俺の早とちりらしい。

全くもってどこまでも自由だ。色気もなにもあったもんじゃない。

ホッとする自分に情けなさを感じながらも、俺はしばらく風逢の寝顔を眺めていた。


朝。目を覚ますと俺は一人で寝ていた。

体を起こすと布団の中を確認してみる。風逢はいない。ベッドも同様にもぬけの殻だ。

辺りを見回してみるけど人影すらなかった。ただ風逢がいた気配だけが残っている。

俺は机の上に一枚のルーズリーフが置かれているのを見つけた。

そこには丸っこい字で『今日は大事な日だから帰るね。なにかあったら電話するから心配しないで』と書いてある。心配するなって言われて心配しない方が難しい。

どちらにせよ俺は風逢の家を知らないし、心配しても電話が鳴るのを待つしかない。

仕方なくパジャマのままリビングに降りると余所着《よそぎ》の両親がコーヒーを飲んでいた。

「あれ？　どっか行くの？」

「言ってなかった？　今日はお父さんと美術館に行くのよ。それからお買い物して夕飯も食べてくるから。晩ご飯はカレー作っといたけど、迅は予備校行くの？」

「あー……。うん。多分行くから食ってくるよ」

「そう。じゃあカレーは明日食べないとね。お父さん。そろそろ行かないと」

母さんが立ち上がると父さんもゆっくりと腰を上げ、すれ違い様に足を止めて尋ねた。

「今朝早く風呂に入ったのか？　音がしたぞ」

多分風逢だ。布団に入ってきた時、シャンプーの香りがしていた。

「……うん。入ったよ。エアコンの効きすぎで汗かいたから」

「そうか。年が明けたらすぐに受験だ。ここで頑張らないとな」

最後に父さんは「期待してるぞ」と言って母さんの待つ玄関へと向かった。

「じゃあいってくるわね」

母さんがそう言うとドアが閉まる音がして、家から人の気配が二つ消えた。

期待してる……ね。あいつは俺に一体なにを期待してるんだ？　自分より良い大学に入って良い企業に就職することを？　自分の言う通りに安定を目指すことをか？

苛立《いらだ》ちが募《つの》っていく俺だったけど、スマホの着信音を聞くとすぐに我に返った。

風逢かと思ったけど、違った。桜だ。ＬＩＮＥの無料通話だった。

「……おはよう。どうした？」

「おはよー。あのさ。今日空いている？」

「空いてると言えば空いてるけど……。なに？」

「いやね。三宮《さんのみや》のライブハウスで演奏するから暇なら来ないかなーって。あ。チケットあるからタダで入れるよ。ドリンクも一杯タダ。で、終わったら六甲《ろっこう》に月蝕見に行くの」

「ああ。もうそんな日だったか。黒田は？」

「クロも来るから一緒にさ。あ。よかったら風逢ちゃんも呼んで」

「あー。風逢はなんか用事があるらしい。どうするかな……」

正直風逢がいないなら俺は勉強した方がいい気がする。父さんの言う通り受験まで時間はない。国立は諦めて私立に行くにしてもやっといた方がいいのは確かだ。

そう考えた俺の脳裏に父さんの声が蘇った。

『期待しているぞ』

その言葉に俺は言い表せない反発心を覚えた。あいつの思い通りになるのはいやだ。自由が欲しい。そう思ったら最後、勉強するって選択肢は消えてなくなった。

「……行くよ。何時に行けばいい？」

俺は桜から時間や場所を聞いてから通話を切った。そして心の中で何度も呟く。

俺は自由だ。俺は自由だ。俺は、自由なんだ。

駅前で待っていると黒田はいつもの原付とは違う大きなバイクに乗ってやってきた。

「でかいな。なんだよそれ？」

「前に言っただろ？　親父からスーフォア貰うって。これがそれだよ。ちょっと駐《と》めてくるから待っててくれ」

そう言って黒田は近くの駐輪所に向かい、しばらくすると戻ってきた。改札を通り、電車を待つ間、話題はバイクの話になる。

「いいな。あれ。あれならちょっと遠くても楽に行けそうだ」

「まあ原付よりはマシだな。二段階右折もないし、高速も乗れる。ほとんどの車より速いし、なにより後ろに人を乗せられるからな」

黒田が自慢げに話していると電車が来たのでそれに乗った。

「でも駅まで来るなら原付でも変わらないだろ？」

「そうなんだけどさ。帰りに桜乗せてやろうかなって思って。メットも買ったし」

「なるほど。けどだったら三宮まで行って一緒に帰ってきたらよかったのに」

「俺もそうしようと思ったけど、まだ免許も取り立てで二人乗りも慣れてないのに都会は怖いかなって。あとこの時期のバイクは寒いから長時間乗ってたら絶対桜が文句言い出す」

俺は寒い寒いと言いながら黒田の背中をバンバン叩く桜を想像して苦笑した。

「ほぼ間違いなくそうなるだろうな」

「だろ?」

黒田も一緒に笑う。それからしばらく俺達は静かにしていた。だけど気まずいってことはない。黒田との付き合いは長いし、話題がなければ無理に話す必要はなかった。

俺は窓の外を眺めながら風逢のことを考えていた。用事ってなんだろう? もしかしてエドさんちに行ってるのか? エドさんに伝えないといけないこともあるし、帰りに寄ってみよう。なんなら三宮から直接行けば黒田と桜を二人きりにできるか。

なんてことを考えていると、黒田が少し真剣な声を出した。

「なあ。お前これからどうするんだ?」

俺は椅子に深く座り込んだ。自分でもどうすればいいのかが分からなくなっていた。

「……正直、なにも決まってない。探し中だ」

話の途中で俺の脳裏に風逢の顔が浮かんだ。

「だけど、少しずつ方向は見えてきてる気がする」

俺が「するだけなんだけどな」と言って笑うと、黒田は少し間を開けて表情を緩める。

「……そうか。俺にできることがあるならいつでも言ってくれ」

「じゃあもし就職できなかったら雇ってくれよ」

「おう。その時は安くこき使ってやるよ」

俺達は笑い合いながらも、空気はどこかぎこちなかった。

互いに本音は言ってないのが分かる。俺は風逢について色々黙ってるし、黒田はそのことをあまりよく思ってないんだろう。それでも、俺達は多くを話さなかった。


三宮に着くとまだ時間があったのでモスで軽く食べて時間を潰した。

「そういや風逢ちゃんはどうしたんだ？」

「風逢は用事があるらしい」

「用事ね。あの子はいいよな。なんかどこまでいっても子供って感じで」

「なんだよそれ？」

「多分あの子と俺らとは根本的に違うんだよ。縛られることにどっかで安心してる俺らとは逆なんだろうな。縛られると不安になる。なんでそうなったかは知らないけど、俺にはできない生き方だ。まあ憧れはするけどなりたくはないな」

黒田は「怒ったか？」と尋ねてきたので、俺は「いや……」と否定した。

黒田の言葉はもっともだ。俺は何度も風逢のマネをしようとした。でもできなかった。

それは俺が透明人間じゃないからってのもあるかもしれない。だけど根っこのところを言えば俺には生活の全てを投げ出すだけの勇気がなかった。

文句を言いながらも続けてるってことは本気で嫌ってるわけじゃないんだろう。違和感を覚えたり愚痴を言えるだけの余裕がまだあるんだ。だから未練がましくしがみついてる。

腹を満たした俺達は桜に言われたライブハウスへと向かった。

立ち並ぶ飲食店を横目にスマホのマップでなんとか辿り着くと、そこは言われなければ中で音楽をしてると思えないほど普通の建物だった。

中に入るとチケットを求められ、桜から受け取っていた黒田が代わりに二枚渡した。

一杯まで無料になったドリンクを飲んでいると、奥の方からいつもと違う雰囲気の桜がやってきた。髪型もオシャレにアレンジしてるし、着てるのは黒のジャケットにミニスカートだ。シャツからは谷間もお腹も見えてる。なんか色々とすごかった。

「来てくれてありがとね。二時間くらいだけど楽しんでって」

「お、おう……」

俺は桜を直視できずに視線を外す。すると桜はニコッと笑った。

「中々かわいいでしょ？　リーダーの彼女さんが貸してくれたんだ」

「あー、そうなんだ。えっと、似合ってるよな？」

隣の黒田に聞くと、「う、うん……」とぎこちない答えが返ってきた。

俺とは違った意味で黒田も緊張してるらしい。それくらい今日の桜はかわいかった。

俺達に褒《ほ》められて上機嫌になった桜は手を振って奥に戻っていった。

「じゃあ戻るね。終わったら待っといて。あとクロ。見すぎだから」

いたずらっぽく笑う桜に図星をさされ、黒田は珍しく顔を赤くしていた。

「……いや、見るだろ。あれは」

「……まあな」

俺が静かに同意すると黒田は手で顔を覆った。

「ファンとかできたらどうしよう……」

俺は黒田の肩を軽く叩き、「どんまい」と言ってドリンクを飲んだ。

しばらくすると客でいっぱいになったライブハウスが暗くなり、バンドのメンバーが壇上に現れる。

リーダーが男だと聞いていたけどそいつはベースらしく、ボーカルは女だった。どうりで男のファンが多いわけだ。他に静かそうな男がドラムを叩き、桜がエレクトーンを弾く。

ボーカル兼ギターの女が来てくれてありがとうとか、ライブが始まるまでの身内話をしたあと、演奏が始まった。曲はよくあるＵＫバンドに影響されたタイプだったけど、ボーカルの可愛らしい声が曲と妙にマッチして悪くはなかった。

一曲目が終わるとメンバー紹介が始まり、最後に桜が恥ずかしそうに小さく手を振ると男のファンから声援が飛んだ。それを聞いて黒田がむかついてたのは言うまでもない。

持ち歌が少ないのかオリジナル曲の合間にいくつかカバー曲もあった。全部を知ってるわけじゃなかったけど、オアシスのワンダーウォールがなんだか心に刺さった。

ライブは楽しかった反面、風逢の顔がちらちらと脳裏をかすめる俺がいる。

一緒にいればもっと楽しめたのに。そんなことを考えてるうちに全ての曲が終わった。

帰っていく客が大勢いる中、残った関係者がバンドの人達と色々と話していた。

それを端っこで眺めていると奥から桜がやって来た。近づくと制汗スプレーの香りがする。相変わらず胸もお腹も足も見えていて目のやり場に困った。

「あれ？　クロは？」

「あいつは家から電話がかかってきて外に出たよ。仕事の話かもな」

一足先にもうすっかり大人だ。俺なんてバイトすらしたことがないのに。

寂しく思っていると桜はどこか緊張しながら尋ねてきた。

「そっか。どうだった？」

「よかったよ。すごいな。大人に交じってやっても全然遜色ないし」

「あー。でも結構ミスしてたんだよ」

「へえ。分かんなかったけどな。とにかくよかったよ」

桜もまた遠い場所に行ってしまう気がする。自分の道を順調に進んでいるのが羨ましい。褒められると桜は嬉しそうにはにかんだ。今日までの頑張りを見てきた俺としては複雑だ。応援したいけど素直にできない自分がいて、それがまた情けなさに拍車をかける。

それからいくつか話をしたあと、俺はスマホを取り出して着信がないか確認した。

大事な日ってなんだろう。なにもないといいけど。

俺が心配していると桜はどこか寂しげな笑顔を向けた。

「……風逢ちゃんも来られたらよかったのにね」

「そうだな。あいつも音楽好きだし、来れたら喜んでたかもな」

知ってる曲なら一緒になって歌ってたかもしれない。風逢が歌ってるのを聴くのは好きだ。かわいくて、ほっこりする。

すると桜はトーンを下げた。

「……ねえ。迅は風逢ちゃんと付き合ってるの？」

「え？　なんだよ急に？」

言いながら顔が赤くなるのが分かった。だけど逆に桜の声は冷えていった。

昨日はあんなことがあったけど、付き合ってるかどうかは分からない。そもそも風逢がそんな概念を持ち合わせてるか謎だ。下手をしたら親戚のお兄さんくらいにしか思ってもらえてないかもしれない。

だけど俺はそれでもよかった。風逢といられるなら関係の名前なんてどうだっていい。

俺が照れていると桜は感情を殺そうとするような声で告げた。

「……やめときなよ。なんていうか、あの子は迅らしくないって……」

予想外の言葉に俺は目を見開いた。胸の奥からグツグツとしたものがこみ上げてくる。

「……俺らしいってなんだよ？　お前になにが分かるんだ？」

俺が睨むと、桜の目には一瞬後悔らしきものが滲《にじ》んでいた。それでも強気な目で見つめ返してくる。

「分かるよ！　だってずっと見てきたんだから！」

「……見てたってなにをだよ？　お前らには俺の気持ちなんて分からないだろ」

「そんなことないって！　迅はいつだって優しいじゃん！」

「それがなんになんだよ！」

俺が叫ぶと周囲の視線が集まってきた。スタッフが揉《も》めてると勘違いしてやってくる。

「君誰？　ファンの子は距離感守ってくれないと」

桜が「違います」と言い切る前に俺が先に口を開いた。

「悪かったな。もう来ないよ」

「ちょっと迅っ!?　待ってよ！」

桜の声を聞いても俺の足は出口へと向かっていた。

俺を残して前へ進んでいく黒田や桜への嫉妬や、風逢のためになにもしてやれてない無力さからくる虚《むな》しさが混じって自分でもよく分からなくなる。

後ろから桜が呼び止めるのを無視して出口に辿り着くと黒田とすれ違った。

俺がぶっきらぼうに「先に帰る」と言うと黒田は一瞬驚いたあと眉根を寄せた。

「おい迅？　どうしたんだよ？」

俺は答えずに外へと出た。少しして振り向くと開いたドアから悲しそうな桜を優しく抱きしめる黒田の姿が見えた。それがまた俺に疎外感を与え、益々虚しくなって踵《きびす》を返した。

ライブハウスから出た俺は曇天を見上げて溜息をついた。息が白くなって消えていく。

たしかに俺らしくないのかもしれない。今の俺は背伸びする子供みたいなものだ。生まれて初めて触れた自由に浮き足立ってるのは自分でも分かってる。

俺は間違ってるのかもしれない。だとしても俺には失うものがなかった。黒田や桜みたいな居場所があるわけでも、夢があるわけでもない。今の俺には風逢しかいなかった。

すぐにでも会いたくなった。とにかく風逢を探そう。

まずはエドさんちに行ってみて、それから——

「ここでなにをしている？」

背後から低く、怒りに満ちた声が俺を捉えた。聞き覚えのある声に背筋が凍る。

ゆっくりと振り向くと、そこには俺を睨みつける父さんが立っていた。

父さんを見ると同時に血の気が引いた。

「な、なにって……。べつに……予備校で勉強して、ちょっと休憩がてら散歩してただけだよ。父さんこそなんでこんなところに……」

「そこで母さんと食事をしていた」

父さんはライブハウスのすぐ近くにあるイタリア料理店をちらりと見た。どうやら先に店を出たらしく、遅れて母さんがやってくる。

「あら迅。こんなところで会うなんて」

「いや、俺は……」

言い訳をしようとしていた俺に父さんが怒気を孕《はら》んだ声で言う。

「一時間だ。俺達は一時間あの店にいた。だがお前が入っていくところは一度も見なかった。なにが休憩だ。お前は勉強もせずに遊び呆けてただけだろう」

寒かったのに全身に嫌な汗が流れた。体温が下がっていく気がして、体が上手く動かせなくなる。それでも俺はどうにか言い訳を続けようと試みた。

だけどライブハウスから黒田と桜が出てきてしまう。桜は目に涙を浮かべて謝った。

「迅……。さっきはごめんね……。あたし、迅が心配で……」

「いや、その………」

最悪のタイミングだった。父さんは二人のことを知っている。昔何度か家に来ていた。

俺がゴクリと唾《つば》を飲み込んで父さんを見ると、冷たい視線が突き刺さった。

「決まりだな。前からおかしいと思っていた。お前は問題集を買うと言っていたのに参考書を買ったと言った。大方その金で遊んでたんだろう。予備校の金も安くないんだぞ⁉ 親が子供のために必死になって働いてるというのに、お前はなにをやってるんだッ！」

心の隅で思っていたことを全て突きつけられ、俺は何も言えなかった。本当にこのままでいいのかと何度も思っていた。それでも目の前の現実を見ないようにしてきた。

その実、俺は逃げていたんだ。

目の前のことから。自分から、人生から目を逸らし続けてきた。

黙って俯いていると、黒田と桜が心配そうに近寄ってくる。父さんは二人に言った。

「悪いが受験が終わるまでこいつとは会わないでくれ。今は大事な時なんだ。分かるね？」

「で、でも――」と桜が反論しようとする。

「それとも君らにはこいつの人生がくだらないものになった時、その責任が取れるのか？」

親さんの言葉を聞いて、今度は黒田が怒った。

「勉強していい大学入らない人生はくだらないんですか？　いつの時代の考えだよ」

「……たしかに古いかもしれない。だけど確実ではある。持ってない者が持てるようになる唯一の道だ。君のように立派な実家があれば話は別だがな」

父さんは俺を見て、小さく息を吐いた。

「俺とこいつは似ている。だから分かるんだ。人一倍努力してようやく世間で言う普通と並べる。そういう器だ。それはなによりもお前が分かってるだろう？」

否定したかった。だけどそれが叶わないほど俺は俺という人間をよく知っていた。

誰も保証してくれない道に進んで上手くやっていけるほどの才能も熱意もない。

そんな俺が生きていくには父さんの言う通り分かりやすい道を通るしかなかった。

反論できずに黙り込む俺を見て、父さんは告げた。

「帰るぞ。今からでも努力すれば間に合う。お前ももう大人だ。親の気持ちを分かれ」

言葉が声になる前に口の中で消えていく。父さんが残業してるのも、母さんがパートに出てるのも俺のためだ。それは分かってた。でも気付きたくなかった。そこに気付いてしまったら自分を持ってない俺が益々薄まってしまう気がしたから。

それでもここが潮時だった。俺なりの反発の終わりが見えた。

最初から無理だったんだ。俺が誰かと違う道を歩むなんて。そんなことができるならもうとっくにできてるはずだ。変われると思った俺がバカだった。

俺は重くなった足をなんとか動かし、父さんについていった。そこからの記憶はあまりない。駐車場で車に乗り、家に帰って、気付くとリビングにいた。

「もうすぐ冬休みだ。その間は家で勉強しろ。あと携帯を出せ。今のお前には必要ない」

父さんは俺に手を開いて伸ばした。

渡したくなんてなかった。それでもスマホを買ってもらった時の約束は成績が落ちれば没収だ。俺は渋々スマホをポケットから取り出して渡した。

父さんは受け取ると俺の顔を見て小さく嘆息した。

「……受験が終われば返す。受かれば新しいのを買ってやろう。だから今はお前がすべきことをしろ。いいな？」

俺は頷いた、気がした。それすらも分からない。

知らないうちに自分の部屋に戻り、そのまま椅子に座っていた。座ると同時に全身の力が抜ける。気力も体力もなくなると微かにあった自信も砕け散った。存在そのものを否定された気すらして、なにもかもがいやになった。窓の外ではすっかり月が昇り、街灯が降り出した雪を照らした。寂しくて、悲しくて、泣きたくなるほど孤独だった。

六話

「風逢《ふわ》は優しいねえ」

仲の良かった祖母は常々幼い風逢にそう言っていた。

風逢が中学生になると同時に両親が離婚した。

風逢が幼い頃は仲が良かった二人も、年々話すことが減り、外出が減り、関係は冷え切っていった。特に父親は仕事ばかりで家族のことが見えていないようだった。

風逢は両親と仲が良かったが、その間を取り持つことは最後までできなかった。

「毎年、風逢の誕生日になったら会いに来るよ」

父親はそう言って家を去った。風逢はあとから知ったことだが、外に別の女性との家庭を作っていたらしい。

風逢は母親と二人きりになった。

それまでパートだった母親がフルタイムで働くようになると、風逢は家事全般を率先してやるようになった。母親より早く起き、朝食とお弁当を作り、掃除洗濯もこなした。母親が困っているのだからそれを助けるのは当然だ。風逢はそういう子だった。

しかしそのせいで友達と遊ぶ時間はほとんどなくなってしまった。

学校が終われば買い物に行き、洗濯物を取り込んで畳み、夕飯を作らないといけない。部活にも入らなければ塾や習い事にも行かない。まだ十三歳にもかかわらず、風逢は自分の時間というものをほとんど持ってなかった。

それでも人のためになっているならそれで良いとも思っていた。友達は家の手伝いをする風逢を褒《ほ》めはしたが、一緒に遊ぶことが減ると少しずつ離れていった。

その中で最後まで風逢と仲良くしてくれた女の子が上野《うえの》リコだった。

上野は誰とでも仲が良く、なにより頑張っている風逢をすごいすごいと褒めてくれた。

中学三年のある日。風逢は母親にたまには遊んできなさいと言われた。

風逢は遊ばなくてもいいと言ったが、母親がその日は出張で泊まりだそうだ。

それならと風逢は上野と遊ぶ約束をした。誰かと遊ぶのは久しぶりだった。

いつもは一人でも楽しめる絵ばかりを描いていた。紙と鉛筆があればいいので安く済む。

二人はカラオケに行く約束をした。制服だと先生に見つかった時に面倒なので、一度家に帰って着替えることになった。

初めてのカラオケにワクワクしながら風逢は待ち合わせ場所である公園で待っていた。

しかし上野はいつまで経っても来なかった。

夕方になっても、夜になっても来なかった。

家に帰った風逢は上野に電話してみた。するとすぐに彼女は出た。

事故にでも巻き込まれたかもしれないと心配していた風逢は安堵《あんど》した。

どうやら上野は家に帰るとすぐに家族で親戚の家に行く用事を伝えられたらしい。

上野はそのことを知らせようとは思ったが、風逢は携帯を持っておらず、家に電話しても既に出ていたため繋がらなかった。

説明を聞いて風逢は連絡が取れなくてごめんと謝った。

携帯は欲しかったが家のことを考えると母親に買ってとは言えなかった。

せっかく遊べる日ができたのに、結局なにもせずに終わってしまった。

それからは受験が忙しくなり、結局誰とも遊ぶことなく中学生活は終わりを迎えた。

高校生になると同時に風逢は母親に連れられ実家のある神戸《こうべ》で住むことになった。

これもあとから知ったことだが、住んでいたマンションの家賃を支払っていた父親から振り込みが途絶え、住めなくなったのだ。

祖父が亡くなり一人になった祖母のことが心配だったのもあった。知らない土地で知り合いもいないため不安ではあったが、祖母が自分に会えて大層喜ぶのを見て、風逢も嬉しかった。

一方で職場が少し遠くなった母親は帰ってくる時間が遅くなり、出張で家を空ける日が増えていた。そのことは風逢を悲しませたが、祖母と話していれば寂しさは紛《まぎ》れた。

祖母の家は古いが広かった。二階建てで部屋がたくさんあり、庭では家庭菜園ができる。風逢には昔母親が使っていた部屋が与えられた。しかし寝たり宿題をしたりするくらいで、ほとんど祖父か祖母の部屋に入り浸っている。

祖父の部屋には古いCDがたくさんある上、趣味だったという油絵の画材があった。風逢はそれらを自由に使っていいと許可をもらい、暇があれば音楽を聴きながら絵を描いた。CDは昔父親に買ってもらったウォークマンに入れて外にも持ち出した。

高校生になってからも一人でいることが多かったが、音楽を聴いていると気持ちが楽になった。お気に入りの一枚を聴きながらこの世界が変わってくれたらと密かに願った。

中学時代と違い、祖母がいるので家に帰っても一人じゃないことが風逢を安心させた。

風逢と祖母はよく一緒に料理を作った。知らない料理を教えてもらっては遅く帰ってきた母親に振る舞う。

豊かとは言えないものの、平和で長閑《のどか》な日常が続いた。それが風逢には嬉しかった。

高校二年の夏休み。その日も風逢は祖母の話を聞いていた。

話題は戦後の混乱期や、祖父との出会い、そして阪神淡路《はんしんあわじ》大震災での被災にまで及んだ。

「震災の時はねえ。みんなで助け合ってなんとか生きたんや。食べ物も少ないから、小さい子供がいるお母さんにだけ配ることもあったわ。みんなでバケツリレーしたり、瓦礫《がれき》の下から仏さん引っ張り出したり、とにかくみんな一つになって一生懸命やった。それも昔の話やけどねえ。今はみんな一人や。誰かと一緒にいても、どっかでなんか寂しがっとる」

祖母は悲しげだったが、風逢は昔の話が聞けて喜んでいた。

「大丈夫だよ。おばあちゃんにはわたしがいるから」

祖母は風逢の笑顔を見てほっとしていた。高齢になり、外に出るのも億劫《おっくう》な祖母からすれば風逢はなによりもありがたい存在だった。

祖母は風逢を可愛がり、風逢もまた一緒にいてくれる祖母を慕《した》った。

八月に入ると暑さは益々勢いを増した。少し動くだけで汗が噴き出る。

痩せた祖母は真夏の濃い青空を背景に揺れる風鈴を見つめながらふうっと一息つく。

「最近の夏は暑いなあ。わたしが子供の頃はもっと涼しかったのに。それでもまだここは六甲《ろっこう》おろしがあるからええけどねえ」

「地球温暖化だからねえ。今日はいいけど、暑い日は窓閉めてエアコンかけないと」

「クーラーは好かんねんけどなあ」

冷房嫌いの痩せた祖母を風逢はうちわでぱたぱた扇いであげた。

お盆になるときゅうりとナスで精霊馬《しょうりょううま》と精霊牛《しょうりょううし》を作って祖父や祖母の亡くなった家族を弔った。一緒におはぎを作って供えたあとに食べたりもした。

「おいしいなあ。こんなんが毎日食べられるようになるなんて日本は裕福になったもんや」

「もうおばあちゃん。その話ばっかりしてるよ？」

「そうか？　まあ、ええんや。あたしは孫と過ごせて幸せなんやから」

風逢も同じ気持ちだった。学校から家に帰れば家族がいる。風逢の話をきちんと聞いてくれる。そんな環境を思い出すのには両親の仲がまだ良かった頃まで遡《さかのぼ》る必要があった。

ずっとこの平和な日々が続けば良いと風逢は思った。

夏休み最後の日。猛暑が襲った。その日は窓を閉め切り、エアコンをつけて過ごした。

風逢は祖父の部屋で夜遅くまで絵を描き、祖母は早めに布団に入った。

翌日、風逢が昼過ぎに起きると異変を感じた。

いつもはリビングにいるはずの祖母がいない。胸騒ぎがして寝室に駆けつけた風逢がドアを開けるとその熱気に一瞬息を止めた。

そこには横たわり、動かなくなった祖母がいた。風逢は目を見開き叫んだ。

「おばあちゃんッ！」

すぐに救急車を呼んだが既に祖母は亡くなっていた。熱中症だった。

祖母は部屋を閉め切り冷房をかけて就寝したが、寝たあとにエアコンが故障し、室温が上がってしまったのだ。普段使わない古いエアコンは整備がされていなかった。

風逢は自分を見てくれる人をまた一人失った。


祖母の葬式で風逢は久々に父親と会った。

毎年風逢の誕生日には会う約束だったが、父親が養育費を払わなくなってから行けない旨《むね》が母親のいない時間に電話で伝えられるばかりだった。

良心の呵責《かしやく》からか少し分厚い香典を渡した父親は喪服姿の娘に言った。

「風逢。つらかったな。今年は時間が取れそうだから誕生日は一緒にいよう」

母親は俯《うつむ》いたままだったが、風逢が喜ぶのを見て渋々了承した。

何十年も住んでいた持ち主が去ると、大きく広い家に孤独が佇《たたず》むようになる。

風逢が学校から帰り、玄関のドアを開けるといつも寂しくなった。

風逢は自分を責めた。自分がクーラーをつけた方が良いと言わなければ祖母はまだ生きていたのではないか。自分が祖母を殺したのではないかとまで思った。

祖母が亡くなると母親が家にいる時間はさらに減った。夜は風逢が寝てから帰り、朝は慌ただしく出て行く。休日も仕事や用事があるからと外出してばかりだった。

一緒に行くと言っていた買い物や旅行も仕事を理由になかったことにされ、風逢は母親とまともに話す機会すらないまま夏は秋になった。

祖母を失い、母親との関係も薄まると風逢は悲しくなった。

それでも変わらず家事を続ける。料理洗濯に広い家の掃除まできちんとこなして、祖母が好きだった庭の手入れに勤《いそ》しむ。

空いた時間に音楽を聴きながら絵を描くことだけが風逢の楽しみになっていた。

それだけが風逢に家族を感じさせる時間だった。

肌寒くなってきたある日のことだった。

三宮《さんのみや》にある緑の扉が印象的な小さな画材屋からの帰り道、風逢は見知らぬ男と連れ合って歩く母親の姿を見つけた。

幸せそうに笑う母親の姿を見たのは久しぶりで、その笑顔に新鮮さすら感じた。

なぜだか涙が流れた。感情より先に肉体が反応した。

風逢はその場を走って離れた。電車に乗り、気づくと自宅のリビングで呆けていた。

誰もいない家に一人ぽつんと立っていると、唐突に風逢は理解した。

この世界に自分の居場所なんてない。

今まで風逢は他人を中心に生きてきた。友達が、家族が幸せならそれでよかった。だが
それは一方的に手を伸ばしていただけで、誰も風逢には手を差し伸べてくれなかった。

唯一優しくしてくれた祖母が亡くなった時、風逢はこの世から不要となったのだ。

いっそ消えてしまいたい。

そう思った瞬間、体の隅々までが透けていくような感覚に陥《おちい》った。

存在を司《つかさど》るなにかが肉体から離れていくのを確かに感じた。

全てが馬鹿らしくなった。誰かのために生きることも、他人の目を気にすることも、自分の時間を誰かのために使うことも、その全てが無意味に思えた。

その時、風逢は自身の不自由さに気づいた。

そしてその原因が自らに巻いた鎖が原因だとも理解する。

さらに言えば自分に起こった全ての事柄は自らの存在が原因なのだと悟った。

自分のせいで両親は離婚した。自分のせいで友達は離れていった。

自分のせいで、祖母は死んだ。そして自分といると母親は幸せになれない。

自分が誰かといると不幸になる。それなら一人でいい。一人の方がいい。

自分のためにも、他人のためにも一人であるべきだ。

孤独な思考が導いた先にあったのは目を見張るほどの自由だった。


その日から風逢は透明人間になった。


存在を失った風逢を待っていたのは気楽な日常だった。

初めて自分が誰からも見えてないと気づいた時は戸惑ったが、一人と自由を満喫するには好都合だった。

誰からも見られないということは誰にも縛られないということだ。

なにをしても文句を言われないのなら、恥も外聞もありはしない。

遅刻をしても、宿題をしてこなくても、授業中にお弁当を食べても気づかれなかった。

テストで周りの答案を見ても、誰もいない講堂で歌っても、屋上で昼寝をしても誰からも注意されなかった。

他人の視線に怯《おび》えることも、他人の感情を想像する必要もない。

ただ、自由だけがあった。

「わたしは自由だあああああああぁぁぁぁぁぁっ！」

快晴の日の屋上で風逢は喜びを爆発させた。

気持ちよくて、爽快で、まるで風にでもなった気分だった。


ある日、風逢が街を歩き回っていると不思議な屋敷を見つけた。

洋風の屋敷だが風逢は見たことがない。何度か通った道なのに存在すら知らなかった。

気になって中を覗いてみると、驚くことにそこにいた男に見つかった。

「おや。また可愛らしいお客さんですね」

「え？　わたしのこと見えるんですか？」

「それはもう。ここは透明人間の館ですから。他にもあなたみたいな人が来るんです」

そこで風逢は初めて自分の他にも透明人間がいることを知った。

自分だけじゃないんだ。そう思うと風逢は少し気が楽になった。

屋敷の中は広く、たくさんの部屋があった。家具も様々だ。

マホガニーで造られたアンティークの家具は眺めているだけでも楽しかったし、綺麗なガラス細工には目を奪われた。珍しい形のソファーは座ってみるとふかふかで、気付くと寝てしまうこともあった。

すっかりエドの屋敷を気に入った風逢はある日小さな部屋を見つけた。

廊下の端にあるその部屋は他の部屋とは違い、見る者に静かな印象を与えた。

正面に窓があり、机と椅子だけが置かれたがらんとした小部屋だ。

風逢はその部屋にどうしようもなく惹《ひ》かれた。まるで自分と同じものを見るようだった。

椅子に座って神戸の街を眺めていると、不思議に思う時がある。

ここは一面瓦礫になったことがあったのだ。たくさんの人が命を落とし、同時にこの世に残された。孤独が詰まった街が眼下に広がっていたなんて今や想像もできない。

ふと風逢は机の端に落書きを見つけた。ワンピースを着た女の子が涙を流し、頭の上には英語で「I'M HERE」と書かれていた。

見たこともないマークだったが、風逢は異常なまでの親近感を覚えた。

この子はわたしだ。そう思うと自然に涙が流れた。

一人で泣いている風逢を見つけたエドは静かに微笑み、後ろからそっと声をかけた。

「どうしました？」

「……分からないけど、なんか悲しくなっちゃった」

「……そうですか。風逢さんは優しいですね」

泣き止むとエドワードは風逢に話してくれた。

「この部屋は昔ある女の子が使っていたんです。使っていたと言ってもただ街を見つめていただけなんですけどね。風逢さんと一緒で絵が好きな女の子でした。身も心もとても綺麗で、だからこそ傷つきやすくもあったんでしょう」

「……その人はどこに行ったの？」

「望んでいた場所に行きました。別れたあとのことは分からないので、おそらくですが」

エドは微笑を浮かべていたが、どこか後悔も滲《にじ》ませていた。

「人にはきっと鎖が必要なんです。この世に繋ぎ止めておく為の鎖が。彼女はその全てを失い、僕はその鎖にはなれなかった」

風逢はエドを気遣いながらも彼女の心に寄り添った。

「……きっとだけどね。その人に必要なのは鎖じゃなかったんだと思う。軽くて見ないと分からないほどの細い糸でよかったんだよ。緩くてもたしかにあることが分かれば」

「……そう……かもしれませんね。どちらにせよ、彼女はもう誰にも見えません」

エドの言葉に風逢はドキリとした。なぜだか分からないが妙な胸騒ぎがしたのだ。

それから風逢はエドからその人の話をたくさん聞いた。街の探索が好きだったことや、古いレコードを集めていたこと。そしてどうして彼女が透明人間になったのかを。

話を聞けば聞くほど風逢は彼女に親近感を覚え、同時に会いたくなった。

風逢は街を歩きながら彼女の痕跡を探した。目を凝《こ》らして見るとあのマークは色んなところにあった。と言っても古い場所限定で再開発された所には一つも見当たらない。

彼女の足跡を見つけると風逢はなんだか会って話したような気になれて嬉しかった。

どうやらこのマークは誰にも見えていないようで、だからこそ消されずに残っていた。

それを見つけるたびに風逢は思った。この人なら、いやこの人だけが自分の気持ちを本当のところで理解してくれる。いつか会えたらたくさん話がしたかった。

だけど彼女は風逢にすら見えない。だから風逢はメッセージを送ることにした。

風逢の通う西高《にしこう》は丘の上にある。そこで一番高い棟に目をつけ、壁に絵を描くことにした。ここならあの人にも見えるはずだと思った。

日時と待ち合わせ場所として風逢の好きな場所を描き、メッセージを添えた。

彼女から風逢に対して特段の反応はなかったが、別の驚きがあった。

押部迅《おしべじん》だ。

彼は透明人間ではないにもかかわらず風逢のことが見えるらしい。風逢が呑気《のんき》にピザを食べようとしたところを発見されてしまった。少し恥ずかしかったが、嬉しくもあった。

だが一緒にいる時間が増えるにつれて怖さも感じた。

今の風逢を支えているのは透明人間であるということだ。

その自由がなければ風逢はきっとどうにかなってしまう。

透明人間になれたから風逢はすんでの所で踏みとどまれた。だから透明人間ではない迅と共にいることは自由の欠落、ひいては自己の欠如に繋がる気がした。

それでも風逢は自分のことを追いかけてきてくれる迅を拒絶できなかった。

きっといつかはいなくなるだろう。

そう思った風逢だったがその心配も杞憂《きゆう》に終わり、迅は大事にしてくれている。その優しさの全てが嬉しいわけではなかったが、優しくしようとしてくれる気持ちは嬉しかった。

だからこそ一緒にいることに不安を感じたりもした。

自分は迅になにかを与えられているのだろうか？　それは分からないが迅は離れたくないと言ってくれた。誰もが離れていった風逢からすれば初めての言葉だ。

この人なら、この世界とわたしを繋ぐ糸になってくれるかもしれない。

そう思えたからこそ、風逢は迅を信じてみようと思った。

今、風逢は神戸港にそびえるポートタワーの展望台にいた。

チェスのルークを赤く塗ったようなこのタワーの最上階からはまた違った神戸が見える。

普段は山側から街を眺めることが多いので六甲山が見えるのは新鮮だった。

今日は風逢の誕生日だった。同時に両親と会う日でもある。

祖母の葬式の日、風逢は両親とここで会う約束をしていた。

まだ風逢が幼く、両親が仲良かった頃、風逢はここに来て回る景色に目を輝かせた。

今日はこの展望台で待ち合わせ、予約したレストランで夕食を取る予定だ。

迅の言う通り、起こってもいないことを否定するのは不自由だと思った。

たとえこれが意味のないことでも、それを証明するためにはやらなければならない。

逃げることで守れるものがあったとしても得られるものなどなにもないのだ。

風逢は真っ白なシルクのパーティードレスに身を包んでいた。いつか着ることがあるだろうからと、祖母が生前自分が着ていたものを仕立て直したものだ。

日没後、マジックアワーが街全体を艶《あで》やかに包んだ。深い青に染められた神戸の街を見つめていると、つい彼の姿を探してしまう。

今頃なにをしているんだろうかと想像するだけで自然と口元が緩んだ。

しばらくして夜が街を覆うと風逢は手元の時計に目をやった。

約束の時間から二十分が経っていた。しかし両親はまだ来ない。

期待と絶望が風逢の中で入り交じった。

二人は来ると約束をした。だけどもう忘れてるかもしれない。でも、それでも………。

否定と肯定が頭の中を行ったり来たりする中、風逢は最後まで希望を捨てなかった。

そして、フロアに営業時間の終了を告げるアナウンスが流れた。

約束の時間から二時間が経っても両親はやってこなかった。

思わず風逢は笑ってしまった。こうなるだろうとは思っていた。かろうじて存在を保っている自分との約束など誰も覚えているはずがない。

当然の帰結を迎え、その滑稽《こっけい》さに風逢は笑った。

しかし窓に映った自分の瞳には涙が滲んでいる。ガラスに映った風逢の笑顔は徐々に崩れ、最後には涙がぽろぽろと床に落ちた。

周りにいるカップルも従業員も一人で泣き続ける風逢に気づかない。

孤独に耐えきれず、風逢は音もなく消えるようにフロアから立ち去った。

ライトアップされたポートタワーから離れながら風逢は思った。

やっぱりそうだ。自分が誰かを望んでもそれが叶うことはない。

いくら手を伸ばしたところで誰かが摑んでくれるわけではないのだ。

少なくとも自分を見つけてくれる相手が両親ではないと分かった。

誰にも見えず、愛されず、存在すら認めてもらえない透明人間。

風逢は心底失望した。それでも完全に希望を捨て去ることはまだしなかった。

吐き気と同時に頭痛がする。視線が揺らぎ、全身の力が抜けていった。

涙が止め処《ど》なく溢れた。それでも風逢は消えゆく寸前のところで踏みとどまった。

今の風逢は一人じゃない。信じられる人がいる。

風逢は力なく立ち上がり、電話がある場所まで歩いた。

最近はめっきり減った公衆電話を見つけると、何度も見て暗記した番号に電話をかける。

本当は嫌だった。もう誰かにすがりたくなんてなかった。

それでも今だけは誰かがそばにいてほしかった。ただそれだけで救われる気がした。

誰かに風逢がこの世界にいる証明をしてほしかった。

しかし、風逢がいくら待っても迅が電話に出ることはなかった。

○

俺はしばらく自室で呆けていた。

さっきまで見えていた満月は分厚い雲に隠れてしまい、明かりのついてない部屋は色を失った。同時に自分から熱が失せていくのが分かる。

部屋の中がまるで黒くて重い水で満たされたみたいだ。

眠りたいけど頭は妙に冴えていて、暗い思考を繰り返す。

未来が見えないのに前へ歩けと言われ、やる意味もやりたくもないことをさせられる。

毎日が自分を殺す作業みたいな気がして、いっそ消えてしまいたいとも思った。

当てはめられた記号の中でしか息をさせてもらえず、静かに溺れていく。

誰も俺を理解してくれない。誰も俺を見つけてくれない。俺さえも俺が分からない。

自分を否定され、自分を否定し、この世界からの疎外感で胸が苦しくなる。

未来が見えない。過去に価値を感じない。今が透けてしまう。

いくら頑張っても時折感じるこの虚無感が消える予感がなかった。

どこまでも主導権が握れないままズルズルと歳を取り、大人になったフリをしながらも自分の行き先すら周りに身を委《ゆだ》ねる。周囲から見えている俺は環境に合わせた抜け殻でしかなく、かと言って中身があるわけでもない。

それらしい価値観や、それらしい振る舞いや、それらしい理想があるにはあるけど、それらは全てどこかの誰かや社会の空気に沿った借り物でしかないような気がした。

結局、俺の人生はいくらか努力をして上手くいっているように見せられても、その実、空っぽの失敗作なんだと思ってしまう。それがよく分かった。

分かってしまったら、あとは起伏のない日常をひたすら繰り返すだけだ。

死ぬまで続くこの日々に果たして意味があるのだろうかと思いはしても、やめることはできず、そのせいでまた苦しむ。

周りが前へ進む中、俺は同じ場所から動けずにいた。体をなんとか動かしてついていくふりはしているけど、そのせいで心を置き去りにしてしまい、現状と噛み合わない。

だからいつも気付くと一人ぼっちで部屋にいる。

街には人がいて、家の中にすら家族がいるのに、世界に自分しかいないような孤独を感じてしまうのは、きっと心が誰とも繋がっていないからだ。

俺は自分が欲しかった。特別じゃなくてもいい。ただ誰かに自分という存在を認めて欲しかった。

役割の中での俺じゃなく、能力で計るのではなく、ただありのままの俺を見てほしい。

なにができるとか、なにができないとか、環境や装飾を取っ払った俺をだ。

その俺に価値はないのかもしれない。でもだからこそ分かることがあると思う。

本当に大事なのは生きるために重ねてきた鱗の下にあると思うんだ。

自由の中にこそ本当の自分がいる。

それこそ俺が風逢と出逢った時に感じたものだった。

ふと手首に微かな重さを感じた。風逢のくれたたまきが静かに揺れている。

掌に触れられたようなぬくもりを感じた瞬間、風逢の笑顔がフラッシュバックした。

『迅にわたしの自由を分けてあげる』

風逢の優しい声が聞こえたその時、風が吹いた。

降っていた雪は舞い踊り、室内にもかかわらず優しくて温かい風がたしかに吹いた。

気付くと窓の外では雲が晴れ、満月が再び現れた。

月光から本来あるはずのない温かさを感じると頭の中にかかっていた靄《もや》がすっと晴れ、涙が流れると同時に目が覚めた。

俺はなにも分かってなかった。

寝ても覚めても自分のことばかりで他人の痛みに気づけない。

透明人間が、風逢がどれだけの孤独を感じ、不条理に耐えてきたか。それを理解しようとすらしなかった。

自由を奪われ、存在を否定され、過去にも未来にも居場所がない。俺みたいに話ができる家族や友達がいるわけでもなく、完全な孤独を強《し》いられる。

命ではなく、存在《ここ》が殺された人達。

ゾッとした。凍えるような寒気がした。雪原で一人立ち尽くすような感覚に陥る。

いくら叫んでも助けは来ない。そもそも誰にも気付かれない。凍っていく心が自分は世の中から見捨てられたことを理解する。

俺なら耐えられない。泣いて、怖がって、すぐに自分から消えることを望むはずだ。

だけど風逢は違った。

こんな救いのない世界で笑っていた。自由を得て前に進んだんだ。

ボロボロになりながらも顔を上げて、しっかりと自分の足で立つことを選択した。

ギリギリだったはずだ。今にも倒れそうだったはずだ。だけど風逢は耐えてきた。

俺はそんな風逢になに一つしてあげられなかった。

情けなくて涙が溢れた。なにが守ってやるだ。風逢は俺に自由を分けてくれたのに、俺は風逢にすがっていただけだったんだ。

自分の弱さと向き合うこともせず、周囲を妬《ねた》むことに逃げていた。

世界が俺を見てくれなかったんじゃない。俺が世界を見てなかったんだ。

満月が藍色の夜空を照らしていた。風は既に止み、白雪が静かに街を包んでいく。

急に目の前が開けていく。俺を縛っていた鎖は最初から存在せず、幻想だと気付いた。

最後に残ったのは自由だった。

この気持ちはあの日と同じだ。風逢と出会ったおかげで何気ない景色に色が付いた。

その存在が俺にとっての希望だった。今は風逢とただ同じ景色の中にいたかった。

なら俺が風逢にしてやれることは一つだけだ。

風逢がこの世界で生きたいと思える場所を創るしかない。

透明人間が自分らしくいられる場所を。

生まれて初めてやりたいことが見つかった。

同時に自分が生きていると感じた。空っぽの器に中身が満たされていく。

今までの人生がこの瞬間のための助走にすら思え、ようやく自分が生まれたことに意味を持たせられる気がした。

ようやく見つかった。たった今、俺という存在が産声《うぶごえ》をあげた。

やることが決まれば動くしかない。さっきまでが嘘のように体が軽かった。

立ち上がると音が聞こえた。最近は連絡を取るのもＳＮＳの無料通話ばかりでめっきり聞かなくなった着信音が鳴っている。

「…………風逢」

ハッとすると俺はすぐ部屋を飛び出した。

音を辿り、父さんの部屋に向かう。ノックもせずに中に入ると、父さんが俺のスマホを持っていた。もう着信音は鳴ってなかった。

父さんは俺を見て驚いていた。だけどすぐにいつもの仏頂面《ぶっちょうづら》になる。

「……いきなりなんだ？　なにか鳴ってたがきっと友達からだろう。……全くスマートフォンは分からん」

未だにガラケーしか使えない父さんが俺のスマホを睨んだ。

やっぱり鳴ってた。桜《さくら》や黒田《くろだ》なら電話じゃなくてＳＮＳで連絡を取る。

風逢だ。風逢が俺を呼んでいるんだ。

俺は静かに掌を出した。

「返してくれ」

「ダメだ。これは受験が終わるまで――」

「返せよっ！　風逢が待ってるんだっ！」

家でこんな大声を出したのは初めてだったし、父さんに怒鳴るのも初めてだった。

いつもは怖く感じる父さんだけど、今はなにも感じない。

もう俺は誰に何を言われても関係ない。俺は俺の選んだ道を生きる。

最初父さんは面食らっていた。それでもすぐに睨み返してくる。

「ダメだ！　お前はまだ懲《こ》りないのかッ!?　今がどれだけ大事だと思ってるんだッ！　べつに俺はずっと我慢しろとは言わない！　大学に入ったら好きにしたらいいんだ！　だか

ら今だけ我慢して頑張れ！　それだけで人生が楽になる！　少しでも苦しまないで済んでほしいという俺の気持ちが分からんのかッ！」

「分かってる！　そんなの俺にも分かってるよ！　でも俺は楽な人生が欲しいんじゃない！　生きたいと思える人生が欲しいんだよっ！」

自分から出た言葉なのにハッとさせられる。

俺はずっとこれを父さんに言いたかったんだ。

「誰かの顔色を窺《うかが》ったり、誰かの都合で動いたり、そんなのは俺じゃない！　今まではやりたいことがなかったからそれに従ってきた！　でも今は違う！　風逢のおかげでようやくやりたいことが見つかったんだよ！」

父さんは目を見開き、なにかを言おうとして黙り込んだ。俺は父さんの目を見て告げた。

「だからもういい加減、俺の人生の善し悪《よあ》しは俺が決めないといけないんだ」

もしかしたら初めて自分の気持ちを父さんに伝えられたかもしれない。嫌いだなんだと言いながらも、結局俺は肉親にすら自分の気持ちを伝えてこなかったんだ。

自分の気持ちをさらけ出すのが怖くて、逃げ続けていた。だから周りはよかれと思って意見してくる。全部俺が頼りないせいだ。

父さんは眉をひそめ、口を一文字に結んだ。

「……言うのは簡単だが、やるのは簡単じゃないぞ。それを選ぶとお前は他人が耐えなくていいことをずっと耐え続けないといけなくなるんだ。それでもいいのか？」

その通りだ。簡単じゃない。俺はきっと苦しみ続ける。だけどそれはどの道を選んだってそうなんだ。どこまで行っても人は自分の持ってない物が気になり続ける。

安定を捨てて自由を求めればまた別の痛みが待っているはずだ。

それでも、風逢がいない世界に比べたらそんなものは気にもならない。

俺が見つけて、俺が選んだ未来だ。代償も責任も全て自分で取る。

それが生きるってことだ。

「覚悟ならもうできてる」

父さんは少し目を見開いたあと、重々しく嘆息し、「……そうか」と呟《つぶや》いた。

俺がスマホに手を伸ばして摑むと、父さんは抵抗せずに放してくれた。

受け取ると俺はいつもより小さく見える父さんに「ありがとう」と呟いた。

自然と出たのは感謝の言葉だった。父さんだって意地悪でしてるんじゃない。俺の為を思ってくれてるんだ。それを理解した上でないと先には進めないと思った。

部屋を出た俺は自室に戻ってジャケットを摑んだ。それを着ながら階段を降りていく。

とにかく風逢に連絡しないと。そう思って電話をかけ直そうにも番号が表示されてない。

嫌な予感がしながらも玄関で靴を履《は》いていると、母さんがやってきた。

「あら迅。スマホ返してもらったの？」

「うん。ちょっと出てくるよ」

「どこに？　あ。月蝕見に行くの？」

月蝕か。そう言えば桜も見に行くって言ってたな。

「いや、どこかは分からない。でもようやく俺にしかできないことが見つかったんだ」

我ながら無茶苦茶な説明だ。でも今は一刻の猶予もない。

それでも母さんは立ち上がった俺にいつも通りの微笑みを向けてくれた。

「そう。気をつけて行くのよ。怪我しないでね」

「うん。行ってくる」

俺がドアノブを捻《ひね》ると同時に母さんがまた俺を呼んだ。

「迅」

俺が振り返ると母さんはまた笑っていた。

「いってらっしゃい」

なんだか全部見透かされてる気がして、俺は少し恥ずかしかった。

「いってきます」

家を出た俺は内心苦笑する。親に見送られるなんて。結局の所、俺はまだ子供なんだ。

でも今はそんなことどうでもいい。なによりもまず風逢を見つけないと。

俺はスマホを取り出した。そこには一件の留守電が入っていた。緊張しながらも再生すると、しばらくの沈黙が続いたあと、消え入りそうなほど小さな風逢の声が聞こえた。

『さよなら』

それを聞いた途端、俺の心は凍りつきそうになった。

風逢は泣いていた。見えてないけどたしかに泣いていた。

それだけは言わせたくなかったのに、俺が頼りにならないせいで風逢を悲しませている。

「くそっ！」

俺はすぐさま走り始めた。暗くなった街に大きな白い息が流れていく。

せっかく見つけた希望が遠のいていくようだった。

だけどまだ消えたわけじゃない。後悔したくないなら今度こそ手を伸ばせ。

心の底から無限に湧き出る感情の全てが俺を風逢へと走らせた。

黒田と桜はライブハウス近くのファミレスにいた。

桜はさっきから黙ってドリンクバーのジュースを飲んでいる。グラスが空っぽになるたびに黒田がおかわりを入れに行き、また黙って飲むを繰り返す。

桜が五杯目に口をつけた時、黒田がげんなりした表情で言った。

「いつまで落ち込んでんだよ？　何回も言うけどお前のせいじゃないって」

「……でも、ライブに誘ったのはあたしだし………」

「関係ねえよ。迅が来たいから来たんだ。自分で選んだことなんだから自己責任だよ」

「……でも」

さっきからこれの繰り返しだ。桜は迅の父親から会うなと言われてショックだった。

それに決して言わないでおこうと思っていたことを迅に言ってしまった。このままでは友達でさえなくなってしまうかもしれない。そう考えると気が気じゃなかった。

桜はずっと迅のことが心配だった。迅が風逢と会う前、受験勉強が始まった頃からだ。

それ以外でも将来のことが話題になった時、迅はいつも悩んでいるようだった。

桜だって何の迷いもなしに音楽の道を決めたわけではない。この道で行こうと思えるまでは度重なる葛藤《かっとう》を乗り越えてきた。だからこそ迅の気持ちが少しは分かる。

だけどそれとこのままでは迅を失ってしまうという焦《あせ》りは別だ。

家族に夢を否定された時も、軽音部の先輩と喧嘩して音楽をする場所を失った時も、迅は優しく応援してくれた。自分にはない夢を持ってる桜が羨《うらや》ましいとも言ってくれた。

迅が背中を押してくれたから今日があった。桜にとって迅は特別な存在だ。

だけど今の迅は桜のことを見てくれていない。いつも上の空で別の誰かを探している。

それが寂しくて、悔しくて、抑えきれなかった。

だが今となっては後悔しかない。今以上の仲になれないことは薄々気付いていた。ならせめてこのまま友達でありたかった。

なのに、風逢の隣で笑う迅を見ていると諦めたはずの感情が再び熱を持った。

本当は自分が隣にいるはずだったのに。一度そう考えると自分でもイヤになるほどその感情は大きくなっていた。その先になにもないことを知っていたのに。

一方、対面の黒田は自己嫌悪に陥る桜をやれやれと見つめていた。

好きな女の子が自分ではない男のことで悩んでいる。それに対してなにも思わないことはない。だがやはりもう慣れていた。

黒田はずっと桜を見てきた。桜が自身の気持ちに気付くよりも先に理解していた。

どれだけ想っても桜が自分のことを見てくれることはない。

それでもできる限り桜を支えようと思っている。だからルミナリエの時も、そして今もこうして励まそうとしていた。

一方で迅のことも心配だった。子猫を追いかけだしてから明らかにおかしい。それまでもなにか悩みを抱えていることは分かっていたが、これほど心配することはなかった。

よくも悪くも普通で、だからこそ羨ましくもあった。黒田は長男で、家業がある。家を継ぐ以外の選択肢はない。望んで進んだ道だとしても、もしもを考えないことはなかった。

普通に大学へ行って、普通に就職し、そして普通の家庭を作る。家にも土地にも縛られずにそれができたらどうなっていただろう。そんなことを何度も考えた。

だが黒田は自分が選んだ今に後悔はなかった。自分を必要としてくれる環境なんてそうあるわけではない。それがたとえ血の繋がりだとしてもありがたいことだ。

なにより周りの幸せが黒田にとっての幸せだった。だから手に入らなくても我慢できるし、応援できる。だから本来なら歓迎すべき現状も黒田にとっては嬉しくなかった。むしろ親友二人が苦しんでいるのを見るのはつらかった。

「……まったくお前らは」

黒田は小さく呟いて嘆息した。窓の外には再開発されていく三宮が広がっている。

海と山の間にあり、神戸らしいお洒落な店もあれば、関西人らしいノリの良い店もある。

現代的なビルが立ち並んでいるかと思えば西洋の古い建物が根を張る狭間《はざま》の街だ。

震災の影響もあり、新旧が折り重なっている。それでも最近は随分昔の面影がなくなってきた。きっとそんな中で忘れ去られた存在も多いのだろう。

黒田がぼんやりとそんなことを考えていると、急にスマホが鳴りだした。誰かと思って取り出してみると迅の名前が表示されていた。

「なんだ迅。親父さんにスマホ返してもらったんだな。よかっ──」

「風逢がいなくなったっ！」

黒田の言葉を遮《さえぎ》り、迅が叫んだ。荒い息が聞こえる。どうやら走りながら電話をしてるらしい。黒田はすぐさま事態の緊急性を理解した。

「いなくなった？　どういう意味だよ？」

「分からないけどそうとしか思えないんだよ！　俺がしっかりしなかったから……」

さっきまで下を向いていた桜も黒田が迅と言った瞬間に顔を上げ、近づけた。

「なに？　迅がどうしたの？」

「いや、よく分からないけど風逢ちゃんになにかあったらしい」

桜はそれを聞いた途端、黒田に手を伸ばした。黒田はすぐに察してスマホを渡す。

「迅？　あたし。どうしたの？」

「桜か？　その、ちょっと色々あって──」

「色々じゃ分かんないよ。ちゃんと説明して」

桜が語気を強めてそう言うので、迅は観念して経緯《いきさつ》を話した。

それを聞いて桜は益々自分を責めた。事の一端を担《にな》ったのは間違いなく桜だ。

桜には風逢の気持ちが分かる気がした。この人だけはと思った人に見てもらえないことほどつらいものはない。それがたとえ自分の一方的な想いだとしてもだ。

人は誰かに認めてもらってようやく自分の存在を感じることができる。

最初は透明人間の存在に懐疑的だった桜も今ならその原因が理解できた。

「分かった。あたしも探すよ。一緒に遊んでた場所に行ってるかもしれないし」

「いいのか？　助かる」

迅にお礼を言われて桜の顔が綻《ほころ》んだ。一時はもう二度と話してくれないとすら思っていた。だが迅は桜に本当のことを話してくれた。それが嬉しくて仕方なかった。

一方でホッとする桜を黒田は複雑そうな笑みを浮かべて眺めている。

桜はいつもと同じように明るく告げた。

「当たり前じゃん。あたしら友達なんだから。迅はもっとあたしを頼ってよ」

「お、おう。悪い」

迅が不器用に謝るのを聞き、桜は次に会ったら自分もきちんと謝ろうと決めた。

迅が黒田に代わってくれと言うので、桜はスマホを渡した。

「今どこにいるんだ？」

「とりあえず風逢の行き先を知ってそうな人がいるから行ってみる。そのあとは分からないけど、多分そっちに行くと思う」

「じゃあ俺がバイクで迎えに行くよ。取りに戻ったらちょうどだろ。どこに行けばいい？」

「えっとあれだ。俺が消えたところの近くに公園があっただろ？　そこで頼む」

「わかった」

黒田は電話を切って立ち上がった。伝票を掴んで立つ桜を見て、あることに気付く。

「そう言えば風逢ちゃんって迅以外に見えないんだろ？　探すってどうする気なんだ？」

「そんなのいそうなところで名前呼べばいいじゃん。自分のことを気にしてるってだけで嬉しいだろうし。そしたらきっと出てきてくれるよ」

桜の言葉に実感がこもっているのを感じ、黒田は少し寂しそうに納得する。

「ああ。そっか……。いや、でもお前はいいのかよ？」

黒田の問いに桜は一瞬返事を詰まらせた。

このまま風逢がいなくなれば。そんな考えが桜の脳裏を過《よぎ》る。だがそれでは迅が幸せにならない。そう思うと心の天秤は自分ではなく彼へと傾いた。それが全てを物語っていた。

「……当たり前じゃん。あたしもさ。もう薄々気付いてるから。無理なんだって。だったら友達としてしてあげられることをしないと」

　そこまで言って桜は黒田の気持ちに気付いた。桜も黒田の好意には当然気付いていた。だがずっと直視しないようにしていた。そんなことをしたら黒田を傷つけると思ったから。

　しかし実際は逆だった。それが今ならよく分かった。

「……あ。ごめん」

「……いや、いいよ」

　黒田はやれやれと肩をすくめる。それを見て桜はぎこちなく頬を掻いた。

　その妙な気まずさに、二人は思わず笑ってしまった。

「とにかく今は風逢ちゃんだな」

「そだね」

　二人は会計を終え、店を出た。別れる前に黒田は桜に言った。

「桜！　暖かくなったら二人でどっか行こうぜ！　海とかさ！」

　子供のような笑顔の黒田に、桜は少しドキリとして目を細めた。

「はいはい。考えといてあげる」

　二人は友人としての言葉を交わしたあと黒田は駅に、桜は街へと向かって走った。

○

黒田と桜も協力してくれると聞いた時、俺は嬉しかった。

風逢を探してるのは俺だけじゃない。そのことを早く風逢に会って伝えたかった。

俺はエドさんちを目指した。あの人には聞きたいことがあった。

頼む。あってくれ。そう願いながら角を曲がると、昔ながらの洋館が古い街灯に照らされていた。そこだけ別世界のように見えた。俺は屋敷のドアを叩きながら叫んだ。

「エドさん！　俺です！　風逢が来てませんか!?」

返事はなく、焦りが膨らんでいく。不安が現実になろうとしていた。

すると庭でなにかが動いた。慌ててそちらを見ると、暗闇の中からコペンがこっちにてくてく歩いてくる。街灯に照らされると尻尾を振ってひげを揺らしていた。

「……コペン。そうだ。お前風逢がどこにいるか知らないか？」

しかしコペンは黙ったまま俺を見上げて動かない。どうやら今回は知らないらしい。

俺がガッカリしてると、玄関の明かりがついた。少しして中からエドさんが出てくる。

「おや。迅さん。どうしました？」

「風逢を探してるんです。ここに来ませんでしたか？」

「風逢さん？　いえ。来てません。風逢さんがどうかしたんですか？」

口ぶりからしてエドさんも風逢の居場所を知らないらしい。俺の中で落胆と焦燥が煮え立つようにして大きくなった。

必死に風逢が行きそうな場所を考える。だけどここ以上の場所が思いつかない。時間がどんどんなくなっていく。時が進むたびにこの世界から風逢の存在が消えていく気がした。

また寒気がして泣き出しそうになる。そんな俺を見てエドさんは優しく微笑んだ。

「事情はよく分かりませんがとにかく中にどうぞ。日本のことわざにもある通り、急《せ》いては事を仕損じるです。ちょうど紅茶を淹《い》れたところですし」

正直そんな場合じゃなかった。だけど俺は俺でエドさんに聞きたいことがあった。

俺は今すぐ走り出したいのを我慢してコペンと一緒に中へと入った。

向かい合ったソファーの真ん中に小さなテーブルがあり、そこに二人分の紅茶が用意された。コペンは床でミルクをぴちょぴちょ飲んでいる。部屋の端ではレコードが回り、小さな音でサイモン&ガーファンクルのスカボロー・フェアが流れていた。

ソファーに座った俺は紅茶に手を付けず尋ねた。

「本当に風逢がどこにいるかは知らないんですか？」

「ええ。残念ですがそれは知りません」

エドさんは実際、残念そうにしてから紅茶を一口飲んだ。

しばらく俺達は沈黙した。それが俺に色々なことを伝えた。この人は風逢の行きたいところを知っている。俺はぐらかされないよう一番大事な単語を最初に持っていく。

「……百合《ゆり》さんに会いました」

その一言で空気が変わった。エドさんは信じられないと目を見開き、余裕が消えた。

「ど、どこで？」

「その前に一つ聞いておきたいことがあります」

前のめりになるエドさんに俺は静かに告げた。

「エドさんは透明人間じゃないですよね？　俺と同じで見えるだけなはずです」

エドさんはまたしても目を見開き、そして観念したように頷いた。

「……ええ。そうです。私は一度も自分が透明人間だとは言っていません。しかしどうして分かったんですか？」

「……ルミナリエの時です。あの時エドさんは女の人と一緒にいて、その人は周りから見えていました。お互い透明人間ならそんなことはありえない。エドさんだけ透明人間なら女の人からは見えないはずです。だから多分透明人間じゃないいんだろうなって。でもエドさんは透明人間が見える。つまり俺と同じだってことですよね？」

　エドさんは俺の説明に小さく二度頷いた。

「仰《おっしゃ》るとおりです。私は透明人間が見えるだけ。迅さんと同じですね」

「なんでそのことを黙ってるんですか？」

「……一つは聞かれないからです。みんな透明人間は透明人間にしか見えないと思ってますからね。もう一つは彼らに居場所を与えるためです。誰しも自分と同じような人に惹かれます。もし私が透明人間でないと分かったら、それだけで嫌気がさして来なくなるかもしれません。そうなれば彼らが新しく居場所を見つけることは困難でしょう。分かってほしいのですが、私は決して彼らを騙《だま》そうとは思っていません」

　俺は自分が透明人間でないことを知った時の秋武《あきたけ》さん達を思い出した。たしかにたったそれだけであの人達は警戒していた。

「では教えてください。彼女とはどこで？」

「どこでって聞かれると……。その、なんと言うか、もう一つのルミナリエです」

「もう一つ？」

　俺の下手な説明にエドさんは一瞬首を傾げそうになったが、すぐにハッとした。

「………なるほど。彼女はあちらへ行けたんですね……。そうか……。よかった……」

安堵し、涙を浮かべるエドさんを見て俺は妙な胸騒ぎを感じた。

「あそこがなんなのか知ってるんですか？」

「詳しいことは知りません。ただ、彼女が行きたがっていた場所でしょう。透明人間にとって救いの聖地と言える場所だそうです。そうですか。本当にあったんですね」

救いの聖地？　あんなに寂しいところが？

俺は百合さんと出会った場所を思い出し、肌寒さを感じた。

訝《いぶか》しむ俺にエドさんは柔和な笑みを浮かべる。

「彼女と、百合と出会ったのはもう二十六年前になります」

俺は驚いた。どう見ても百合さんは二十六歳より若かったからだ。エドさんは続ける。

「イングランドからこの国にやって来た私ですが、最初はとにかく寂しかったのを覚えてます。この国では私は『ガイジン』で、名前や個性など誰も気にしてくれませんでしたから。そんな中、私は仕事に没頭しました。バブルの流れに乗って随分と儲けさせてもらい、しばらく空き家だったこの屋敷を手に入れます。そしてある日、百合と会ったのです」

エドさんは懐かしそうに目を細めた。

「あの日、まだセーラー服を着ていた百合がこの屋敷を訪れました。今でもよく覚えています。美しい黒髪と瞳。一目見て恋に落ちた。彼女は言いました。『ようやく透明な器に中身が入ったと思ったら外人さんなのね』と。またガイジンかと思ったことも事実ですが、彼女にならどう呼ばれても嬉しかった」

エドさんの気持ちは分かる気がした。

俺が風逢に出逢った時も説明できない喜びを感じた。

「百合は毎日のようにこの屋敷を訪れました。彼女は少し変わっていました。世界を俯瞰《ふかん》して見る癖とでも言いましょうか。どこか冷め切っていて、そのために友達もいませんでした。両親とは仲が良かったそうですが、それもバブルに奪われて彼女は一人ぼっちになった。家にも学校にも居場所がなく、誰にも見られることがなく一日を終える。つまりは」

「透明人間……」

俺が答えるとエドさんは小さく頷いた。

「私が仕事から帰ってくると百合が上にある小さな部屋からこの街を見つめているんです。一人になった彼女にはこの街しかなかった。この街だけが彼女の孤独を埋めてくれたのです。当時の私にはあの深遠な孤独に寄り添う勇気はなかった。にもかかわらずこんな時間が続けばいい。愚かにも私はそう思ってしまった。変わらないものなどないというのに」

エドさんは疲れたように息を吐き、紅茶で喉を潤《うるお》した。

「なんにでも終わりはあります。小説にもバブルにも命にも、そして街にもです。あれはまるでヨハネの黙示録にある第七のラッパでした。地面が砕け、ビルが崩壊し、全てが瓦礫と化した。神に選ばれなかった者は全て死ぬ。あの言葉が蘇り、私はひたすら恐怖に怯えていました。幸運にもこの屋敷はほとんど被害を受けなかった。隣の家ではタンスの下敷きになって亡くなった人がいたのにです」

エドさんは目を瞑《つぶ》り、当時のことを思い出していた。

「おそらくここは神にも悪魔にも見えていなかったのでしょう。そしてそれは百合も同じでした。彼女の両親は倒壊した家の下敷きになり亡くなりました。彼女がいくら叫んでも仕事で疲れた両親が起きることはなかったそうです。あれからしばらく経ち、家族との別れを告げた百合はここへと来て沈んだ表情で言いました。『失うというのはなによりも恐ろしいのね。こんなことなら初めから持たなければよかったのに』と。悲しいことに彼女はたった数分で肉親と自分を支えてくれていたこの街を失いました。彼女がここに来た時、私にはほとんど見えませんでした。でも私にはそんな百合を救う術《すべ》が分からなかった」

エドさんは目を開け、天井を見上げた。そしてつらそうに笑って懺悔した。

「怖かったんです」

その一言に俺は自分を重ねてしまった。

俺という人間は救われることがあっても、救うことができる器じゃないのかもしれない。

そのことを否定したくても現実の俺は無力で、うんざりするほど弱かった。

　エドさんは俯き、ふーっと細く長い息を吐いたあと、膝に肘を乗せて手を組んだ。

「それから時間が経ち、街から少しずつ瓦礫が撤去されていきました。生き残った人々は皆で助け合った。あれは感動的でした。少なくとも私に見える範囲では暴動も起きず、誰もが自分にできることをした。人々は危機を目の前にして一つになったのです。しかし危機が去ればそれもまた終わります。復興が始まる中、街には孤独が溢れ、ここを見つける人も増えていきました。そこで私は音楽とお酒を提供することにしたのです。その二つはいつだって孤独を癒やしてくれますからね。最初は百合も顔を出してくれました。彼女は毎日街を歩いていました。まるで昔を思い出すように隅から隅まで。しかし今思えばそれがよくなかったのかもしれません。もうどこにも自分の居場所は残っていないのだから」

　俺は街を歩く百合さんを想像して、風逢と重ねた。二人ともなにを探しているのかさえ分からずに彷徨《さまよ》っていたんだろう。そして歩けば歩くほどその空虚さに気付いてしまう。

　どこまで行ってもなにもない。ただ底なしの闇が待っているだけだ。

「ある日。よくここに来ていた透明人間の一人がぱったりと姿を消しました。そして消失する人は日を追うごとに増えていったのです。私は不思議に思うと同時に恐怖しました。彼らがどこに行ったか分からないのですから。役所に行って調べましたが死んではいないようでした。いくら彼らが透明人間でも死ねば死体が残ります。不思議でした。しかし、少ししてから私は百合から知らされました。彼らは自ら消えることを選んだのだと」

「……それって、あの…………」

エドさんは頷き、俺はハッとした。

誰もいない透明人間の世界。存在というものが欠如した景色が思い起こされる。

するとエドさんは皮肉な笑みを見せた。

「誰にも見られないのであれば、誰もいない世界に行けばいい。そことここの差はありません。むしろ誰もいない分気が楽でしょう。人は結局自分と他人を比較することをやめられない。いなければ比較もしません。ただあるのは自分だけ。究極にして完全な世界です」

「でもそれって……」

「ええ。私達には到底生きていけない世界でもあります。しかしそういう世界でしか生きられない人がいるのも事実なんですよ」

そう言いながらエドさんの微笑に虚しさが混じる。

「そしてその日は来ました。百合もまたあちらへと向かう決心がついたのです。おそらく街を歩いていたのはそのための期間だったのでしょう。最後の最後、自分に残されたものが失われたことを確認するための時間が必要だったのです。誰もいないこの部屋で、私は確かに聞きました。『さよなら』と呟く彼女の声を」

しばらく俺達は黙り込んだ。ただ昔話を聞いていただけなのに、人が一人この世界から消えたような喪失感を覚える。そんな中、エドさんはふっと笑った。

「これでよかったんです。彼女は望みを叶えた。しかし既に見えなくなっていた私にはそれすら分からなかった。だからずっとここで待っていました。いつかその扉からまた百合がやって来るんじゃないかと思いながら。しかしそれも終わりました。彼女は帰ってこない。そのことが分かっただけでも迅さんには感謝します。ありがとうございました」

エドさんは俺に向かって頭を下げた。俺はなんとも複雑な気持ちになる。

顔を上げたエドさんは清々《すがすが》しい笑みを浮かべた。

「実はイングランドに帰るか迷っていたんです」

「……え？」

「あなたが見たという女性は妹でして、私を迎えに来たんですよ。どうも最近母の具合がよくないそうで。結局父の死に目にも会えなかった。だから母はと思いまして」

「じゃあ……」

「ええ。ようやく決心がつきました。この国にはもう、私を縛る鎖はありません。結んでいた糸もほどけました。潮時というやつです」

放心するエドさんを見て、まるで呪いだと思った。かかった人も、愛した人も苦しめる透明人間という名の呪い。呪いであり救いであるところになによりも恐ろしさを感じる。それがようやく解けた。二十年以上心配し続けたエドさんの安堵は計り知れないだろう。だけど、本当にこれでよかったのか？

エドさんの話を聞いても風逢の居場所は分からなかった。じわじわと嫌な予感が漂う。もしかしたら風逢はもうこの世界にいないんじゃないか？

最悪の予想に背筋が凍った。あの静かで孤独な世界に風逢がポツンと立っているかもしれない。そうと思うと寂しくて泣きたくなる。

今すぐ走り出したい。でもどこに行けばいいのかが分からなかった。俺はいつもそうだ。走りたくても目的地がないから走れない。だから止まったままで、また後悔する。

今はどこでもいいから探そう。とにかく黒田と合流してから街の方に行って――

すると俺の足下にコペンがやってきてにゃーと鳴いた。俺の足をよじ登り、そのまま肩まで上がってパーカーのフードに入ると顔と前足だけを出す。

「うわっ。おいコペン！　悪いけど今は構ってあげられないんだ」

俺がそう言ってもコペンは窓の外にある街を眺めたままだ。

話し疲れたエドさんは同様に街を見つめた。

「先程も言いましたが、風逢さんがどこにいるかは私も分かりません。ただ、どこに行きたいのかは見当がつきます。結局、透明人間が行き着く先はあそこしかない」

どうやらエドさんも俺と同じことを考えていたらしい。

「ど、どこから行くとかは分からないんですか？」

エドさんは申し訳なさそうにかぶりを振った。

「……でも、きっと最後に行きたい場所にいるはずです。少なくとも私ならそうします」

たしかにそうだ。この世界から消えるって時にどうでもいい場所には行かない。

でもそれはどこだ？　風逢が最後に行きたい場所ってどこなんだ？

候補はいくつか浮かんだ。でもそのどれもが間違っているように感じる。

そんな時、俺は視界に一枚の絵を見つけた。見覚えのあるタッチに思わず記憶が蘇る。

エドさんは不思議そうに俺の視線を追い、絵を見て納得した。

「ああ。これは風逢さんが描いた絵なんです。ここで描いていたんですが、この街がすごくよく描けているので頂いて飾ったんですよ」

絵。風逢が描いた絵を初めて見たのは教室だった。

屋上の壁に描いていたのを覚えてる。たしか星空を見上げる少女の足下が仄《ほの》かに光っていた。見上げる先には英語も添えられていたはずだ。

どこからでも見えて、誰にも見えないって意味だった。

考えろ。思い出せ。あの絵の意味を。風逢との時間を。

風逢はずっと前から透明人間の世界に行くつもりだった。

そうだ。風逢と最初に会ったのは――

俺はハッとして街を見つめた。同時に確信する。

「…………そうか。あそこだ…………」

また分かってやれてなかった。風逢はずっと伝え続けていたのに。

俺は情けなさを噛みしめながら立ち上がった。

「俺、行きます。風逢が待ってるんで」

エドさんは俺を見上げ、そしてなにかを悟ったように微笑んだ。

「……そうですか。私はここであなた達が会えるように祈ってます」

俺は頭を下げた。フードの中のコペンもぺこりとマネをする。

外に出ようとドアノブに手をかけたところで伝言を思い出し、振り返った。

「そうだ。百合さんは後悔してないそうです。それどころか自由を楽しんでました」

それを聞いたエドさんは息を呑んでから目に涙を滲ませ、安堵の笑顔を見せた。

「……そうですか。よかった……。本当によかった……」

たった一言で救われるその姿に俺はなんとも言えない切なさを感じた。

「また来ます。今度は風逢と一緒に」

「……ええ。いつでもどうぞ。ここに来られるのならいつでも歓迎します」

エドさんに見送られながら俺はドアノブを回して外に出た。コペンもにゃーと挨拶する。

屋敷から出た俺は今まで自分がいた建物を見上げた。ただ、ここにあるだけで傷ついた人を救うその様が逞《たくま》しかった。

ここがなくなったら透明人間達はどうすればいいんだろうか？　それを想像するだけで胸が締めつけられる。ずっとあって欲しい。だけどそれは簡単じゃない。

誰かを想うということは自分を捧げるってことだ。エドさんは百合さんを待ち続けた。だけど待ってるだけじゃ助けられない。そばにいなきゃ孤独は埋められないんだ。

俺は「待ってろよ」と呟いて走り始めた。

七話

俺は急いで黒田《くろだ》と待ち合わせた公園まで走った。雪がどんどん降ってきている。

坂を下りていくとちょうど前から丸いライトがこっちに向かってきた。

黒田は俺を見つけるとバイクを停《と》め、ヘルメットのバイザーを上げる。

「どうだった？」

「会えなかったけどいる場所は分かった。きっとあそこにいる」

「ならすぐ行くぞ。ほら。これつけろ」

黒田は背負っていたリュックからヘルメットと手袋を取り出して俺に渡した。

俺は手袋をつけ、桜《さくら》の選んだオレンジ色のヘルメットを見ると思わず苦笑してかぶった。

「初めて後ろに乗るのが俺で悪かったな」

俺がバイクに跨《また》がると、黒田はやれやれとバイザーを閉じた。

「まったくだ。で、どこに行けばいい？」

「三宮《さんのみや》に行ってくれ」

バイクが走り出すと少し怖かった。二人乗りは初めてじゃないけど、こんなに高いのは初めてだ。黒田は意外そうな顔をする。

「ん？　三宮？　学校とかじゃなくて？　俺らが行ったことないとこか？」

「一応な。でも何度も見てる。透明人間と一緒だよ。そこにあるのに誰からも見られない。見えていても記憶に残らないんだ」

「なんだよそれ？　まあいいか。さちんと摑まってろよ」

バイクは坂を下りきり、カーブを曲がって街の方へと向かっていく。ここからならそう時間はかからない。

問題は風逢《ふわ》だ。まだ消えてないことを願うしかない。

バイクが加速すると風切り音が強くなった。風のせいで体も寒い。コペンもフードの中で体を丸めているのが分かった。

街が見えてきたところで信号に捕まった。今しかない。そう思った俺はエンジン音が鳴る中、呟《つぶや》くように告げた。

「……ずっと怖かったんだ。お前や桜が居場所を見つける中で、俺にだけなにもなかったから。このまま一人になったらどうなるんだろうって思ってた。そんな時に風逢と会えて分かったんだよ。周りに合わせて生きていっても、本当に欲しいものは手に入らない。それどころかなにが欲しいのか分からなくなる。結局俺は俺自身から目を逸らしてたんだ」

溜息をつくとバイザーが一瞬曇った。それでもすぐに視界は晴れる。

本当はこんなこと誰にも言うつもりはなかった。情けないし、なにより本心を話すのが怖かった。

それでも俺は気持ちを言葉にした。繋がりを大事にしない人間が透明人間を助けられるわけがないと思った。

まずは俺が変わるんだ。

「でも今は違う。俺は風逢といたいし、やりたいことも見つかった。俺はやっと俺の人生を見つけられたんだ。だから、今度は俺が風逢を見つけてやる」

青信号になるとバイクがエンジンを唸《うな》らせて進んだ。車の隙間を縫ってすぐに先頭へと出る。風の音が強い中、前で黒田が叫んだ。声からして笑ってるみたいだ。

「よく言った！　心配すんな！　なにがあっても俺はお前の味方だからな！」

どこまでいっても黒田は黒田だった。弱音を吐いても茶化さずに聞いてくれるどころか応援してくれた。前に進もうとしている今はそれがなによりもありがたかった。

「おう。頼りにしてるぜ。相棒」

「任せとけ！　お前が行きたいならどんなところでも連れてってやるよ！」

吹雪《ふぶ》く中、古いバイクは俺達を乗せて風のように街を走った。


十五分ほど走った所で三宮の街が見えてきた。

雪のせいか人通りがまばらだ。クリスマスが近いこともあり、通りの建物や街灯は光り輝いていていた。なんだかルミナリエを思い出す。

「そこで停めてくれ」

俺が前方を指差すと黒田は「分かった」と頷き、言われた場所でバイクを停めた。

バイクから降りると俺はヘルメットを返した。

「じゃあ離れたとこで待っててくれ。風逢はともかく、俺達はバレたらやばいからな。最悪捕まればお前も親父さんに怒られるだろ？」

「あの人の場合、仲間の為になるならなんで一緒に捕まってやらなかったんだって怒りそうだけどな。俺も邪魔する奴がいたら食い止めてやるつもりで来たし。けどお前がそう言うなら桜を迎えに行くよ。その代わり風逢ちゃんには俺らもいるんだって言っとけよ」

「おう。じゃあな」

「気をつけろよ」

俺と黒田は別れ際に拳をコツンとぶつけた。

バイクのエンジン音が遠ざかるのを聞いたあと、俺は辺りに人がいないことを確認してから件《くだん》の建物を見つめた。周りは金属製の白い壁で囲まれている。

「さて。どこから入るか……」

風逢がいるならどこかに入れる場所があるはずだ。

案の定隣の建物と接する箇所は低い柵が設けてあるだけだった。これなら風逢でも乗り越えられる。俺はもう一度周りに誰もいないことを確認してから柵を越えた。

まだ中に入ってないのに新築の建物の匂いがする。周りを囲う壁のせいか外の音はほとんど聞こえてこない。壁や床にはシートが掛けられていて、奥には建築機材が残っていた。

いくら風逢でもセンサーには引っかかるし、カメラにも映る。なら外だ。

俺は監視カメラに気をつけながら外周をぐるりと回った。するとコペンが俺の肩に前足を乗せて顔を出し、にゃーと鳴いた。視線の先には避難用の屋外階段があった。

近づいてみると微かに雪で濡れた足跡が見えた。

俺は小さく息を吐いて階段を登り始めた。

少し音がするけど気をつければ周りに聞こえないほどだ。今は夜だし、上の方には照明がないからよっぽど目を凝《こ》らさない限り誰にも俺の姿は見えないだろう。

しばらく上がると地面が随分下に見えた。風が強くて冷たくなると、コペンはぶるりと身震いしてフードの中に戻った。そのお陰で背中だけが妙に暖かい。黒田を連れてこなかった理由の一つがこの建物の高さだ。高所恐怖症のあいつじゃここを登れない。

よくよく考えればここ以外なかった。なのにいつも意識の外にあるから思い浮かばない。最初は見えてたけど、次第にあるのが当たり前になると人は認識しなくなる。

当たり前なんてことはなに一つないのに。人は慣れるとその存在を忘れてしまうんだ。

ここはまさしくそうだった。再開発されていく三宮で一番高い駅ビルだ。

最初は物珍しさから皆が見上げていたけど、今じゃ景色の一部になっている。

街で一番高いからどこにいても目につく。

一方で一番高いが故《ゆえ》に誰にもその屋上は見えない。

存在するのに景色のように扱われ、孤高故に誰かがその心を察することすらない。

どこからでも見えて、誰にも見えない。

屋上に描かれたあの絵の夜空を見上げる少女が風逢だとすれば、足下の光は街の明かりだ。見上げた景色にビルがないってことは街で一番高い場所を指し示している。

加えて今日は皆既月蝕だ。あの絵には星は描かれていても月はなかった。

今思えば初めて風逢を見つけた時、歩道橋から見上げていたのもここだった。

街を見下ろすのが好きな風逢のことだ。きっと何度も来ていたんだろう。もしかしたらこの場所を自分と重ねていたのかもしれない。それとも居場所を探していたんだろうか。

長く続く階段を登り切り、そして、屋上についた。

周辺で一番高い場所なので山からの風と海からの風が一切遮《さえぎ》られず、ここで出逢った。

辺りを見渡しても暗闇があるだけで誰もいない。

それでも俺はある種の確信を持っていた。風逢はここにいる。ただもう見えないだけだ。

そのあまりにも寂しい事実に、俺はまた泣きそうになった。

それでも拳を握って涙を堪《こら》え、そこにいるはずの風逢に告げた。

「風逢。ごめん。遅くなった」

返答はない。ただ風が通り過ぎていく音だけが聞こえる。

当たり前だ。あれだけ偉そうなことを言ったのに、いざという時には力になってやれなかったんだから。そのせいでまた風逢を傷つけてしまった。

「電話、出られなくてごめんな。風逢は頑張ったんだよな。今までずっと頑張ってきたんだよな。なのに俺はそんなことも考えないで無責任なことばっか言って……。風逢はいつも優しくて、前を向いてたのにそれを認めてやれなかった。どんだけ苦しんで、どんな思いで消えたくなったか分かろうとすらしなかったんだ。ごめんな。本当にごめん」

俺はどこまでも馬鹿だった。守るとか、支えるとか、風逢はそんなことを求めてなかった。俺と同じでただ隣にいて認めてほしかっただけなのにそれを分かってやれなかった。

沈黙が怖かった。風逢が消えてしまう。

それが現実に迫った今、風逢がこの世界にいてくれることだけを願った。

「風逢。頼むから消えないでくれ……。お前が消えたら俺はまた皆の中で一人になる……」

自分のことは言わないつもりだった。友達がいても、家族がいても、俺は孤独だった。いつもどこか寂しくて、まともに満足できない。

みんないつか自分から離れていくんじゃないかという気がしてならなかった。

だから本当のところでは繋がりを持てずにここまで来た。

だけど風逢と出逢って変わったんだ。孤独を感じてるのは俺だけじゃない。そう思えた瞬間世界が開けた。

見つけてもらったのは俺の方だったんだ。

それが分かると涙が出てきた。助けようと思っていた俺が、その実救われていた。

だからこそ、俺は風逢を見つけないといけない。見つけてもらったのに見つけられないなんて。一方的にすがるだけの関係はイヤだった。

なのに、俺にはもう風逢が見えなくなっていた。

月が欠けていく。沈黙だけが支配する暗闇で風が吹く中、俺は無力感でいっぱいだった。

そんな時、フードからコペンが顔をひょこっと出し、闇を見つめてにゃーと鳴いた。

俺はハッとして顔をあげた。すると薄暗がりの闇の中でなにかがゆらりと揺れた。

風逢だった。欠けた月を背に屋上の縁に立ち、虚《うつ》ろな瞳でこちらを見つめている。

体はほとんど透けていて、陽炎《かげろう》みたいにその奥で街の光が見えていた。

俺は一瞬絶望しながらも同時にまた風逢に会えて心の底から安堵《あんど》した。

「風逢！」

「来ないで」

駆け寄ろうとした俺を風逢は冷たい一言で止めた。その声には失望が滲んでいた。

俺が足を止めると風逢は柔和な笑みを浮かべた。

「風逢……。ごめん……。俺……頼りなくって………」

「うん。そだね。でも迅《じん》の気持ちはちゃんと分かったから。わたしの方こそごめんね。迅にたくさん迷惑かけちゃった」

風逢は自嘲気味に笑って頷く。俺もつられてぎこちない笑みを作った。だけど風逢の笑顔を見ても不安は消えなかった。むしろ嫌な予感だけが積もっていく。

「迷惑って俺は一度もそんな風に思ったこと……」

風が強くなった。なぜだか怖くてたまらない。握っていたはずの糸がするするとすり抜けていくみたいだ。イヤな予感がするのに風逢は優しく笑いかける。

「……きっと、きっとね。ほんの少しの違いなんだ。なにかがほんの少し違うだけで結果は違ってた。お父さんもお母さんも、それに、おばあちゃんも……。でも、現実はこうなった。この世界にもしもはないんだよ。あるのはただ、結果という事実だけ。なのにわたし達はいつもそのもしもを求めてる。それになんの意味もないに」

風逢の言葉を全部は理解できないけど、悲しんでいるのはよく分かった。

「なくはないだろ。俺達は後悔するから未来をよくできる。後悔したくないから前に進めるはずだ」

「それは、そうかもしれないけど……」

風逢は消えかかった体を確かめるように自分の両手を見つめた。そして虚しく微笑する。

「だとしても、わたしはもうそっちにいられない。だから、行くね」

背筋が凍った。風逢はやっぱり透明人間の世界へ行くつもりだ。

あそこが良い世界じゃないのは風逢も分かってるはずだ。存在を殺された透明人間の行き着く先が楽しいところなわけがない。

だけど風逢はこの世界に裏切られ続けた。心がボロボロになるほど突き放された。誰かを信じられる最後のチャンスが俺だったのに、その自覚すらなかった。

　自分自身の愚かさにうんざりする。けどこんな俺にもまだできることはあるはずだ。

　言いたいことはたくさんある。なら叫べ。

「行くなッ！　ふざけるなよッ！　お前はもっと怒っていいんだッ！　俺にも、お前の周りの人にも！　この世界にもだッ！　なのにお前はいつも溜め込んで、全部自分が我慢すればいいって笑ってるッ！　違うだろッ!?　嫌なことがあったら言えよ！　怒ってるなら怒鳴れよッ！　お前だって本当は透明人間になりたいわけじゃないだろッ！」

「怒ってるよっ！」

　風逢が叫ぶ姿を俺は初めて見た。風逢は俺をキッと睨みつける。

「迅は電話しろって言ったのに出てくれないし。お父さんもお母さんも自分のことばっかりだし。大人は偉そうなこと言ってるだけで助けてくれないし……」

　そこまで言うと、風逢の目から涙が溢れた。

「なにより……、おばあちゃんを助けられなかった自分が大嫌い………」

「風逢………」

　本当は風逢を泣かせたくなんかない。だけどそれじゃあダメなんだ。当たり障《さわ》りのない言葉に人は救われない。心の底から叫んで人はようやく自由になれるんだ。

ありのままを受け止めろ。

そう決心する俺を風逢は悲しそうに見つめた。涙が零《こぼ》れ、ポロポロと落ちていく。

「わたしがいくらこの世界に優しくしたってなにもいいことなんてないんだよ⁉　べつになにかを返してほしいわけじゃない。ただみんなが幸せにいてくれればいいのに！　なのになんでみんな日常を壊そうとするの⁉　誰かの幸せを壊そうとするの⁉　そんなことしたって自分が幸せになれるわけじゃないんだよっ！」

「俺はお前の日常も幸せも壊さない！」

「ウソ！　迅も本当は自分のことばっかり考えてるくせに！」

「たしかにそうだったよ。でももうしない。風逢は風逢らしくいてくれたらいいんだ。ただこの世界にいてくれるだけでいいんだよ。だから消えるなんて言わないでくれ！」

「どうしてそれをもっと早く言ってくれなかったのっ⁉」

「なにも分かってなかったからだ。バカでガキで自分のことしか見えてなかった。でも強くなるから。もっと、風逢に頼ってもらえるくらい」

必死に訴える俺を見て、風逢は言葉を探していた。俺はゆっくりと風逢に近づいていく。

「俺は風逢にたくさんもらってたのに、自分が与えてる側だと思い込んでたんだ。本当は違うのに。助けてもらったのは俺の方なのに。呆れるくらい馬鹿だった。でも、これからは俺が風逢に返すよ。俺がお前の居場所になる。どんなことがあっても待ってるから。だから……、頼む………。俺と同じ世界にいてくれ………」

風逢の目の前まで辿り着いた俺はそっと手を伸ばした。

抱きしめて捕まえることもできたけどしたくなかった。そんなことに意味はない。必要なのは風逢に選んでもらうことだ。

まだこの世界にいてもいいって、思ってほしかった。

風逢は泣きながら俺の手を見つめた。震える体を見るとまた涙が出てくる。

ここまでどれだけその小さな体で頑張ってきたんだろう。耐えてきたんだろう。前を向いてきたんだろう。

もっと早く寄り添ってやればよかった。そしたら、こんなことにはならなかったのに。

でもきっと今からでも遅くない。だから手を伸ばしてくれ。

俺の気持ちを分かってくれたのか、風逢はゆっくりと震える手を伸ばした。

雪雲の隙間から月明かりが透明な体を照らす。まるで風逢の体が光っているようだった。

迷いながら、それでも少しずつ風逢の手が俺の手に近づいてくる。

あと少し。そんな時に月から輝きが失われ、同時に風逢から色が消えた。

風逢は泣きながらも優しい笑みを浮かべた。ゾッとするほど綺麗な笑顔だった。

「……ごめん」

俺はハッとして顔を上げると、風逢は小さく告げた。

「……え？」

「わたしがいたら迅が幸せになれないよ」

その言葉と共に、風が吹いた。

突風は風逢の体を屋上の縁から外へと吹き飛ばした。

一瞬、世界が静止したように見えた。

風逢が後ろに倒れていくと、夜空に涙がキラキラと光り輝く。

俺は咄嗟《とっさ》に風逢の腕を摑もうとしたけど、いくら手を伸ばしても届かない。

風逢の体はどんどん向こうへといってしまう。全身から力が抜けていくのが分かった。

結局こうなるのか？　俺は風逢を助けられないのか？　それでいいのか？

いいわけないだろッ！　お前は一体いくつ諦めたら気が済むんだよッ！

「風逢っ！」

反射だった。俺は風逢の名前を叫ぶと同時に屋上から飛び降りた。

そして落ち出す前に一瞬あった猶予を利用して、風逢を抱きしめる。

異変を感じたコペンもフードから出てきて、俺達にしがみついた。

落下が始まると風が強くなった。同時に風逢は驚き、悲しんだ。

「迅っ!?　なんでっ!?」

「もうお前を一人にしないって決めたんだよッ！」

俺達の体は一瞬にして加速し、みるみる間にアスファルトの地面が近づいてくる。

下にはバイクに乗った黒田と桜が呆然として落ちてくる俺達を見つめている。

「迅っ!?」

桜は口に手をあて、信じられないという声を出す。

「見るなっ！」

黒田は咄嗟に桜の肩を抱いて俺達を見ないように動かした。

俺は風逢だけでも守ろうと、落下しながら体を回転させて自分が下になるようにした。

あとはもう地面にぶつかって死ぬだけだ。

目を瞑《つぶ》ると色んな人の顔が一瞬で頭をよぎった。

母さん。ごめん。でも、後悔はないから。俺はようやく自分が選んだ道を進めたんだ。

地面にぶつかるその瞬間だった。俺は確かに聞いた。

「ようこそ」と明るい声を。

ハッとして目を開けると、俺はアスファルトの上に立っていた。

急に感じた重力は妙に強くて、体がびっくりする。

視界いっぱいには空虚な光景が広がっていた。あるはずの熱がない世界。

さっきまでいた三宮のビル街と同じ場所なのに、虚無を形にしたような印象を持った。

誰もいなかった。

俺はここに来たことがある気がする。だけど思い出せない。頭に靄《もや》がかかったみたいに思考が浅いところで止まる。体が自分のものじゃないみたいに思えた。

足下でなにかが動くのを感じてそちらを見てみると、コペンが体をすりつけていた。

「コペン……」

抱き上げるとコペンが俺の頭の上に飛び乗り、にゃーと鳴いた。柔らかい肉球が頭に当たる。でもコペンはしっくりこないらしい。

いや。違う。俺が探していたのはコペンじゃない。

そうだ。風逢だ。ここには風逢がいない。

「風逢っ！」

「あ、はい」

背後で風逢のびっくりした声が聞こえた。慌てて振り返るとそこには無傷の風逢がいた。

手も足もついてる。俺は心底安堵して駆け寄ると風逢を抱きしめた。

コペンも風逢の頭の上に移動する。

「無事でよかった……。俺、風逢がいないと……」

コペンも喉をゴロゴロ鳴らしながら風逢に頬をすりすりする。

俺とコペンに抱きしめられ、風逢は窮屈そうに顔を赤くした。

「うん……。もう大丈夫……。だから離れて……。痛いよ……」

「あ。ごめん。でも本当によかった……」

とにかく俺はホッとしていた。コペンもにゃーと言って親しみのある頭との再会を喜ぶ。

俺は嬉しくてたまらなかったけど、前を向く風逢の笑みには陰りが見える。

なぜだろうと思っていると、後ろで誰かの気配を感じた。

振り向くとそこにはいつぞやの女性が立っている。

「やあ少年。また会ったわね。いくら若いと言っても命は大事にしなきゃだめよ？」

「百合《ゆり》さん……。じゃあ、やっぱりここは……」

呑気《のんき》に手をあげ俺を少年呼ばわりする百合さんを見て、風逢がムッとした。

「……誰？」

「えっと百合さん。エドさんと言うのが恥ずかしい仲の人」

俺が紹介すると百合さんはわざとらしく頬に手をあて「恥ずかしいわ」と照れた。

ふざける百合さんを見て風逢は益々不審そうな顔になった。その顔のまま辺りを見渡す。戸惑うのも無理はない。ここは言い表せない冷たさで満たされた所だ。存在が持つ気配が全く感じられない。俺は二度目だからそれほど恐怖はないけど、初めての時は怖かった。

風逢は「……ここ、どこ？」と不機嫌そうに尋ねた。

「えっと、たしか透明人間の世界……ですよね？」

はっきりとした答えは持ってないので確認を取ると百合さんはニコリと笑って頷いた。

「そうね。私はそう呼んでいるわ。だけどべつに名前があるわけじゃないし、好きに呼んでいいわよ。異次元でも並行世界でもお好きにどうぞ」

百合さんはいきなりＳＦめいた単語を連発する。これじゃあ風逢が混乱するだろうなと心配してたけど、杞憂《きゆう》だった。

風逢の瞳が希望を孕《はら》んで一瞬きらりと光った。それを見て俺は密かに怖くなる。

「透明人間の世界……。ここが…………」

風逢はもう一度確かめるように目を凝らして世界を見渡す。

意識すると人が蠢《うごめ》くのが分かった。だけど彼らに俺達は見えない。それどころか触れることすらなく、俺達の体を通り抜けていく。まるで影にぶつかられたような気分になった。

見たことがないほど風逢は目を輝かせていた。そしてその瞳は再び百合さんを捉《とら》えた。

「じゃ、じゃあ、あなたも透明人間なんですか？」

「そうよ」

百合さんが頷くと、風逢は慌ててお辞儀した。

頭から落ちそうになったコペンが慌てて百合さんの胸に移動する。

「こ、神月《こうづき》風逢です。よろしくお願いします」

「緋田《ひだ》百合よ。畏《かしこ》まらなくていいわ。ここでは誰もが自由なんだから」

百合さんに優しくそう言われ、風逢は安心した。

自由。そうだ。ここには風逢が欲しがっていた本当の自由がある。

いや、そんなことはどうでもいい。風逢は今なんて言った？

「お、おい……。なんだよ、よろしくって？」

「え？　だって、ここはわたしがずっと来たかったところだから。でもよかった。怖いところだったらどうしようって心配してたんだよね」

ホッとする風逢を見ても、俺は同じ気持ちにはなれなかった。

「待てよ。風逢はここにいるつもりなのか？　こんな誰もいない世界に」

俺は間違ったことを言ってないつもりだった。

だけど二人は失望を滲ませて眼差しを向ける。百合さんが諭《さと》すように告げた。

「そうね。あなたの言ってることは正しいわ。こちらもあちらも変わらない。ならどうしてここじゃいけないの？」

「だって、ここには……」

あまりにも寂しすぎると言いかけて俺はハッとした。百合さんが頷く。

「そう。ここには誰もいない。じゃあ、あちらの世界は？　答えは同じよ。いても見えないならあちらもこちらも違いないわ。むしろこちらには普通の人は誰もいないのだから、ないものはないと諦められる。でも、あっちは違う。そこにあって、手が伸ばせるの。決して摑めはしないのに。どちらの方が苦しいか、あなたにも分かるでしょう？」

百合さんの言葉に、俺はつくづく風逢の気持ちが分かってないことに気づかされた。

いくら努力しても手に入らないなら、最初からそれがない世界に行ってしまえばいい。そうすれば苦しむことはなくなる。

それでも俺は風逢をこの世界に残すのには反対だった。確かにこの世界には絶望はないかもしれない。だけど希望だってなかった。どこまでもゼロの平地が続くだけだ。

俺は懇願するように風逢を見つめた。だけど風逢は申し訳なさそうに視線を切る。

「迅……。わたしはもうあっちにはいたくないの」

「……風逢。でも…………」

「迅には分からないよ」

風逢は突き放すようにぽつりと呟いた。

「家族とも普通に話せて、学校に行けば友達もいて、自分のことでばかり悩んで生きていける人生。それがどれだけ羨《うらや》ましいか迅には分かる？」

風逢に冷たく睨まれ、俺は言葉を失った。

反論できない。消えてしまいそうと思ったことはあっても、消えてしまいたいと心から願ったことはまだなかった。

それだけまだあの世界と繋がりがあった。

友達はいるし、母さんは毎日弁当を作ってくれる。父さんは口うるさいけど俺のことを心配してくれていた。学校だって面倒だけどきちんと行ってる。

そういった繋がりが全部消えたら？　考えただけでも恐ろしい。

普通の人ならたとえ失ったとしても新しく手に入れればいいだけかもしれない。だけど、透明人間になるとそれさえできなくなる。なんとか見つかっても同じ透明人間だけだ。

その人達もおそらくそう遠くない未来に消えてしまう。

絶望の連鎖だけが待っていて、ひたすら架空の希望を追い続ける。

俺も一人は嫌いじゃない。だけど一人ぼっちは怖かった。

だからなんとか立ち回って、理想ではないけど居心地の良い場所を作ってる。

そんな俺が風逢の気持ちを心の底から分かってやれるかと言われたら、きっと無理だ。

でも無理だからってここで諦めたら一生風逢を失うことになる。それだけはいやだった。

「風逢……」と俺が言いかけた時に、百合さんが会話に入ってきた。

「痴話喧嘩してるところ申し訳ないけど、君は一つ勘違いしてるわ。前にも言ったわよね。ここから帰れるのは透明人間じゃない人だけだって」

「え？　それじゃあ風逢は……」

たとえ戻りたくても戻れない？

絶望的な状況に拍車がかかり、足下が消えていくような気持ちになった。

しかしここにいるつもりだった風逢にとっては問題ないらしい。

「ほら。もう帰りたくても帰れないんだよ」

「あら。それも違うわよ」

百合さんは至極あっさり否定する。

「え？　だって……」

「言ったでしょ？　帰れるのは透明人間じゃない人だけって。つまり帰りたかったら透明人間を辞めればいいのよ」

透明人間を辞める？　どういう意味だ？　よく分からないけど俺には朗報だった。

だけど風逢の顔は青ざめる。

「それって、もし戻ったら透明人間ですらなくなるってことですか？」

「そうね。また人の世界で生きるしかないわ。帰ったら最後、もうここには来られない。

そもそもここは透明人間しかいられない場所よ。彼もすぐにはじき出されるでしょうね」

はじき出される？　じゃあ俺はここに居続けることすらできないのか？

そうなれば風逢は一人で残ることになる。俺がまた来られる保証はない。

状況を理解すると凄まじい焦燥感が全身を襲い、汗が流れた。

「風逢！」

「やだ」

まるで子供みたいな言い方に、俺は面食らってしまった。風逢は睨んでくる。

「今の聞いてなかったの？　帰るには元に戻らないといけないんだよ？」

そうか。呪いだと思っていた透明人間は救いでもあるんだ。

透明人間になって自由を手に入れられたからこそ、風逢は今までなんとかやって来られたんだろう。普通のままなら耐えられないことにも耐えてきたんだ。

ギリギリのところで踏ん張っていたのに、その支えすら失ったら今度こそ耐えきれないだろう。

あとは救いを失った本物の絶望が待っているだけだ。

風逢は目に涙を溜めて訴えた。

「みんなに見えるようになったらわたしはまたいい子でいないといけなくなる。いつでもニコニコして誰かを気遣って、傷つけられるの。もうそんなのやだよ！」

「そうじゃない生き方だってあるだろ？　他人なんかほっとけよ！」

「できたらとっくにやってるよ！　でも無理なの。わたしはそういう人間なんだよ……。だから透明人間になれて救われたの。誰もわたしを気にしない。そしたらわたしも誰かのため動かなくてすむ。せっかく自由になったのに、それさえ失ったらわたしはどうすればいいの？　わたしはもう誰にも裏切られたくないよ！」

風逢は涙をポロポロと零した。

優しいが故に傷つく。周りがその優しさに甘えてしまう。要求に応え続け、挙げ句の果てに裏切られ、切り捨てられる。

手で涙を拭《ぬぐ》う風逢を見て、俺は風逢という人間をはっきりと知れた気がした。

本当は風逢だってあっちで生きていたいんだ。だけどそれが叶わないから苦しくなって泣く。そして最後にこんな寂しい場所へと逃げ込むしかなくなるんだ。

なにも悪いことをしていないのに差し出した手を誰も繋いでくれない。そんなのってあるだろうか。腹が立って、悲しくて、また涙が流れてきた。

でも、そんな無関心な世界だからこそ俺だけは風逢に寄り添うって決めたんだ。

「……俺は裏切らない。いや、もう裏切れない。風逢と出逢って俺は変われたんだよ。風逢を裏切るってことは変わった自分を否定するってことだ。そんなことはできないし、したくない。だって、風逢が見せてくれた世界がどうしようもなく好きなんだ」

「迅……」

「飛び降りる前に言ったよな？　風逢といると幸せになれないって。そんなわけないだろ！　一緒にいて幸せじゃなかった時なんてなかった！　隣にお前がいるだけで俺は俺を取り戻せたんだ！　だからもうこれ以上自分を否定するな！　お前は頑張ってるんだ！　誰が否定しようがこれからは俺がそれをきちんと認める。いくら傷つこうが泣きやむまで側にいてやる！　お前がいくら俺の気持ちを疑っても何度だって証明してみせる！」

俺は大きく息を吸い、そして静かに吐いた。そして祈るように告げた。

「だからもう一度だけ、俺を信じてくれ」

俺は風逢に手を伸ばした。さっきは取ってもらえなかった弱い手だ。

でもだからなんだ。信じてくれるまで何度だって差し伸べてやる。

風逢は泣きそうな顔で俺の手を見つめた。

俺は風逢の選択を静かに待った。それしかできなかった。

○

風逢の気持ちは揺れていた。

迅を見てると一番つらい時に支えてくれなかったという不信感もあれば、命懸けでここまでついてきてくれたことへの喜びもある。

これ以上裏切られたくないという恐怖もあれば、もし信じられたらどれだけ楽だろうという期待もあった。

ありとあらゆる感情がぐるぐると巡り、風逢は訳が分からなくなる。

風逢は透明人間になってからずっとこの世界に来たかった。

前に会った透明人間は完全に自由な世界があるらしいと言っていた。そこは全ての透明人間が行き着く場所だとも。

ここに来れば今までの苦しみはもうない。誰もが同じ傷を持ち、共感できる人ばかりだ。

何者にも縛られない世界。自由を謳歌できる世界。夢のような世界。

来てみた感想は物寂しいだが、なにもない空間に感じる孤独と、人で溢れる街で感じる孤独なら前者の方が随分気が楽だ。なにせないことが当たり前なのだから。

にもかかわらず、これからここで生きていくとしたらと考えた風逢が真っ先に思い浮かべたのは『でも、ここには迅がいないんだ』だった。

そう思った瞬間、風逢は荒野に取り残されたような凄まじい孤独感に襲われた。

迅はもうすぐここから去ってしまう。そうしたらもう二度と会えないかもしれない。たとえ会っても見えないだろうし、触れられないだろう。

お話をすることも、どこかに一緒に行くこともできない。食事をしたり、絵を描いたり、音楽を聴くのも一人だ。今までの風逢ならそれが当然だった。しかし今はもう違う。

迅と会って風逢はありふれた日常を手に入れてしまった。

最初はすぐに風逢のわがままに付き合いきれず、離れていくだろうと思っていた。

それでも迅はこうして最後までついてきてくれた。風逢のことをずっと見てくれた。

ただ一方でこの繋がりもどうせいつかは失われてしまうなら、自分から断ち切ってしまった方が気楽だと思う風逢もいた。

これ以上深く結びついてしまえばなくした時に肉体の一部を失うような苦しみに見舞わ

れるのを風逢は知っている。遠くの誰かが死んでも泣けないが、身近な誰かが目の前で大怪我をすれば泣くのを我慢できないように、それは持っていなければ感じない痛みだった。

風逢はこの場から逃げ去りたいと思うほど混乱していた。

もうどうしたらいいのかが分からなくて、風逢は泣きながら百合を見つめた。

あまり介入しないようにしていた百合は「あらあら」と嘆息する。

「ほら。泣かないで。泣いてもなにも解決しないわ」

「でも……、わたし……どうしたら…………」

百合は優しく笑った。コペンを下ろし、風逢を抱きしめる。

「そうね。分からないわね。私もそうだったわ。誰も私を見てくれなくていじけてた。私はここにいるのに。ちゃんと生きてるのにって。自分が世界に存在していることを証明したくて街中に落書きしてみたこともあったわ。でも誰も気付いてくれなくて、それならいっそこんな世界なんてなくなってしまえばいいとさえ思ってた。だけど世界はなくならないから自分をなくしたの。それが正しかったかは分からない。きっと人生に正解も不正解もないのね。あるのはただ過去から続いてきた今だけなのよ。でも人は理想が好きだから、ついついそれを現実と比べちゃうわ。ここでも同じよ。満足はいつだってするしかないの」

風逢はドキッとして百合の顔を見上げた。百合の笑顔は柔らかかったが僅《わず》かに寂しさも帯びている。風逢はそれを見て百合も全く後悔していないわけではないことを知った。

この世界で生きるということは過去を断ち切るということだ。嫌なことばかりの過去だとしても、良いことが全くなかったわけではない。

その僅かに残った温かさも捨て去らなければここにはいられない。それを理解した時、風逢は自身と世界を繋ぐ空気のように軽い数多《あまた》の線に気付いた。

人と人との間に張り巡らされたそれが見えると徐々にはっきりと感じられていく。

それは自由を縛り付ける鎖ではなく、存在を認めてくれる温《ぬく》もりを持った糸だった。

見える見ないに限らず、存在同士は確かに繋がっていた。

大事なのはそれに気付けるかどうかだ。

風逢から伸びた糸はたしかに迅へと繋がっていた。

本当に欲しかったものはずっと傍《かたわ》らにあった。その事実に風逢は顔を涙で歪ませた。

「だけど、怖いよ…………。もう自由じゃなくなったら、わたしはなにを頼りに生きていけばいいの…………？」

風逢に尋ねられた百合は迅を見た。迅はさっきから口をぎゅっとつぐんで手を伸ばし続けている。最後の最後まで風逢を待っていた。

その健気《けなげ》さに百合は思わず微笑んでしまう。そして昔を思い出しながら風逢に告げた。

「信じてあげなさい。誰も信じられなくなったら自分のことも信じられなくなるわよ。ここで一人になってそうなればそれこそ救いようがないわ。私も、最後まで信じられる人がいてくれたからここまで来られたの。あの人は彼みたいにここまでは来てくれなかったけど」

「……もし、ついてきてくれたら？」

風逢の問いに百合は困った笑顔を見せた。それでもすぐに優しく微笑む。

「……さあ。どうなっていたのかしら。それこそ箱の中の猫と同じよ。実際開けてみるまでは分からないわ。でも、きっと、あなたと同じ気持ちになったでしょうね」

百合は全てを見透かして笑った。

風逢は思わず頬を赤くする。

嬉しかった。こんな自分を最後まで追いかけてきてくれた。そんなのは生まれて初めてだ。にもかかわらず風逢はそんな迅の手を振り払おうとして混乱していた。

本当に欲しいものが思いがけず手に入り、どう振る舞えばいいか分からない。

自分の気持ちに素直にならず、最初に決めたことに固執する。

そこに一体どんな自由があるというのだろうか？

自由とは選択である。選択をするのはいつだって今の自分だ。過去のしがらみでも未来への打算でもなく、今抱く感情が導き出すものだ。

そのことに気付いた風逢が迅を見ると、彼は今もまだ風逢を待ち続けていた。

可能ならいつまでだってこうしているだろう。それが分かると風逢はまた嬉しくなった。

失ったはずの存在という名の温かさを確かに感じた。

「…………信じて……いいの？」

風逢が不安そうに尋ねると、迅は力強く頷いた。

「なにがあっても俺はお前を見つけてみせる」

風逢は恐る恐る手を伸ばし、そして今度はしっかりと迅の手を握った。

自由を分けたその手から伝わる熱を感じた瞬間、風逢の中に居座り続けた孤独が雪解けのように消え去り、心の底から安心した。

○

きっとこれからの人生で今以上の安堵はないだろう。

だけど同時に繋いだ手から伝わる柔らかな感触と体温に責任も感じた。

俺がホッとすると百合さんはどこか物憂《ものう》げな微笑を浮かべて拍手した。

「そう。あなた達はそれを選んだのね。寂しいけど、ここではどんな選択も尊重されるわ」

百合さんは「でも」と続けて俺達の体を指差した。

「選択にはいつも責任がつきまとうの。なにをしてもいい。どんなことをしてもいい。でも、結果は常に受け止めなきゃいけないわ」

どういう意味だろうかと思っていると、急に繋いだ手から僅かばかりの熱が消えた。

「え？」

「これって」

俺と風逢は自分達の手を見て驚いていた。体が徐々に透け始めている。

「ここは透明人間の世界。透明人間であることを拒めば当然いられないわ。一人ならまだ隙間から出られるけど、二人じゃそうはいかないわね。このままいけば二人共存在自体が消えてしまうのも時間の問題よ」

俺は青ざめた。存在自体が消える。それって生きていくことすらできないってことか？

「そんな……。じゃあどうすれば……」

「そんな顔しないで。入り口があるんだから出口もあるわ。ただ、出られるかどうかはあなた達次第だけど。まだしないといけないことがあるの」

そう言うと百合さんは風逢に近寄り耳打ちした。少しだけ俺にも聞こえた。

「いい？　透明人間は――」

最後の方は聞き取れなかった。だけどそれを聞いて風逢の顔が赤くなる。

「そ、それって……」

百合さんは両手を合わせてニコリと笑った。

「透明人間に足りないのは愛だわ。誰からも愛されない人間は存在してないのと同じなのね。でも愛はいつだって与えるものでしかないの。誰も愛せない人間を誰かが愛してくれるなんてことはないのだから」

そう言う百合さんに哀愁が滲む。きっとそれはここで辿り着いた答えだからだろう。

風逢は小さく息を吸って、こくんと頷いた。その目を見て百合さんはまた微笑む。

「ここから二五四メートル先に光のトンネルがあるわ。それを二人でくぐることができれば元の世界に戻れるはずよ。ただし、元の世界に戻れるだけなんだけど」

「だけ？」

イヤな予感がして俺が聞き返すと、百合さんは頷いた。

「透明人間だった者がそうでない状態で帰る。本来その世界にあるものは決められているの。変化はするけど、総量は同じなのよ。簡単に言うと世界の改変が起こるわ。つまり、透明人間の風逢ちゃんは最初からいなかったことになるの」

俺と風逢は目を見開いた。イヤな予感が現実のものになる。百合さんは続けた。

「戻ればあなた達の記憶には封がされるでしょうね。再び出逢わない限り、永遠に。それを解くにはこの広い世界からたった一人を見つけ出さなければならないわ。出会いはいつだって奇跡なのよ」

風逢との記憶を失う？　出会いも、一緒にいた日々も全て？　そんなことって――

「大丈夫」

弱気になりかけた俺に風逢がそう言った。

ハッとして顔を向けるとそこにはいつもの明るい笑顔があった。

「きっとまた会えるよ」

そうだ。覚悟ならもうできてる。

たとえ全てを忘れても今度こそ俺が風逢を見つけてみせる。

「うん」

俺は頷くと、少しずつ透けていく風逢の手を握り直した。

そんな俺達を見て百合さんは嬉しそうにした。

「いつだって結果を受け止められるなら次へ進めるわ。さあ急いで」

百合さんは掌で六甲《ろっこう》側に伸びる道を示した。

俺達は手をぎゅっと握りしめて頷いた。

「ありがとうございました」

「こちらこそ。会えてよかったわ。今度こそちゃんと見つけてもらうのよ」

風逢は少し照れながら「はい」と頷いた。

俺は踵《きびす》を返す手前で言い忘れていたことを思い出して足を止める。

「あの、百合さんが元気だって話したらエドさんは喜んでました」

エドさんの名前が出ると、百合さんは懐かしそうに目を細め、静かに笑った。

「そう……。教えてくれてありがとう」

百合さんはどこか寂しそうだった。一瞬言わない方がよかったんじゃないかと思ったけど、困った笑いを浮かべ頬に手を当てる百合さんを見て、これでよかったんだと感じた。

「さようなら」

「ええ。さようなら。振り向いちゃだめよ。互いを信じて前にだけ進みなさい」

百合さんはそう言うと優しく微笑んだ。

俺達は手を繋ぎながら誰もいない三宮の街を歩いた。

駅から異人館へと伸びる道をゆっくりと進んでいく。

街路に植えられた木々にはイルミネーションが施されて、青と黄色の光で輝いていた。

俺は風逢の手を握る力をほんの少し強めた。風逢は不思議そうに俺を見上げる。

「あ。悪い……。痛かったか？」

「ううん。心配しなくても大丈夫だよ。わたしはもう逃げないから」

そう言いながら風逢は少し不機嫌そうに前を向いた。

「本当は怒ってるんだからね」

「いや、だから電話のことは……」

「それじゃなくて、屋上のこと」

俺はよく分からなくて「屋上？」と聞き返す。風逢は溜息をついた。

「一緒に飛び降りたでしょ。助かったからいいけど、もし死んじゃってたらどうするの？」

「ああ。そのことか」

「そのことってなに？　あの時は本当に怖かったんだよ」

風逢は怒るけど俺に後悔はなかった。あの時なにもできてなかったら今頃俺は自分を許せなかっただろう。

「あの時さ、思ったんだ。風逢がいない世界で生きてても意味がないなって。死ぬことより俺の景色の中に風逢がいないことの方がイヤだった」

風逢は呆れたような、やっぱり怒ってそうな、それでいて嬉しそうな表情をしていた。

「もう。迅は……。でもこれからは危ないことはしないでね」

「……はい」

風逢に怒られた。でもちょっと嬉しいのはなんでだろう。

歩きながら、俺は言おうと思っていたことがあったのを思い出す。

「エドさん。イギリスに帰るんだって」

「そうなんだ……」

風逢は寂しそうに俯いた。

当然だ。透明人間だった風逢を唯一受け入れてくれた場所が失われるんだ。

悲しむ風逢を見て俺は確信した。あそこを失ったらダメだ。

「俺さ。エドさんの館を借りようと思ってるんだ。エドさんも俺と同じで透明人間が見える人だったんだよ。だから自分だけが見える人達が苦しんでるのを放っておけなかったんだと思う。俺も自分にできることを考えてみたんだ。そしたらやっぱりエドさんと同じように傷ついた人を待つことかなって」

正直、俺がエドさんの代わりになれる自信はなかった。正直自分自身のことで精一杯だ。

それでも余った時間を誰かのために使うことはできるはずだと思った。

その積み重ねだけがこの世界から透明人間をなくす唯一の術《すべ》なのだとも。

風逢は俺を見上げ、嬉しそうに頷いた。

「うん。すごくいいと思う。わたしが透明人間じゃなくなっても、透明人間がいなくなるわけじゃないしね。困ってる人の助けになれるなら素敵だよ」

風逢はニコニコしながら俺を見上げた。既に体はかなり透けて向こう側が見える。

「……風逢はどうしたいんだ？」

風逢は「う～ん」と悩んでから、柔和な笑みを浮かべて前を向いた。

「透明人間じゃなくなってもわたしはわたしだから。歌も歌いたいし、絵を描きたい。色んな場所で色んな景色を見て、感じて、自分らしく自由に生きていくの」

繋いだ手から楽しさが伝わってホッとした。

風逢はまだ生きることを諦めてない。自分を、世界を、俺を諦めてない。

周りの光が強くなる。気付くと俺達は光のトンネルの中を歩いていた。

光は前に進むほど大きくなり、視界を奪っていった。

「できるかな……」

隣で風逢がぼそりと言った。声が震えてる。涙がキラキラと光り落ちていった。

「風逢……」

「わたし、あっちに戻ったら一人になるんだよ。お父さんもお母さんもおばあちゃんもいない。透明人間のみんなにも見えない。それでも周りには人がたくさんいて、幸せがたくさんあって、みんな楽しそうに笑ってる。わたしはずっと一人で、見えてるからやりたいこともできなくなって、それでも生きていかないといけない。それでもできるかな？」

さっきまでの笑顔が嘘のように風逢は泣き出した。強がっていたのが繋いだ手から伝わった。必死に溜め込んでいた不安が堰《せき》を切り、涙と共に流れ出した。

「やだよ。迅といた時間も、桜ちゃんやクロくんといた時間も全部忘れて、またあの世界に閉じ込められる……。暗くて、怖くて、眩《まぶ》しくて、冷たい世界に」

視界が光に包まれて風逢が見えなくなる。前も後ろも上も下も真っ白だった。

それでも俺は風逢を感じていた。

「毎朝目を覚ますのが怖かった。誰とも話さず夜になるのが悲しかった。泣いても叫んでも無視されて、みんなに捨てられる。それでもわたしはわたしでいられるかな？」

「大丈夫。俺がいるから」

目から涙が溢れてくる。それと同時に手から感触が消えていった。

それでも俺は風逢を感じていた。

「でも出逢わないかもしれないよ？　何億って人がいて、街にもたくさん人がいる。学校だって卒業しちゃう。それでもまた逢えるの？」

「それでも俺達は出逢ったんだ。この広い世界の中で出逢ったんだよ。それが奇跡だって言うなら何度だって起こせばいい」

　ついには微かな熱すら分からなくなった。

　それでも俺は風逢を感じていた。

「わたし、ずっと怖かった」

「俺もだ。世界に自分だけ取り残された気がしてた」

「誰にも見つけてもらえないと思ってた」

「いつだって手を伸ばすのが怖かったんだ」

「だって自信がないから」

「みんなそうだ。だからもがきながら進むんだ」

「初めて会った時に言ってくれたよね。絶対見つけるからって。あれ、すごく嬉しかったんだ」

「俺だって風逢に会えて嬉しかった。それこそようやく生きてるって思えたんだ」

「本当はもっとたくさんお話したかった」

「話せるさ。これからいくらでも」

「本当はもっと色んなところに行きたかった」

「行こう。もっと綺麗な景色を見に」

「一度でいいからこの世界にいてもいいって誰かに言って欲しかった」

「風逢はここにいる。誰がなんと言おうと俺の隣にいる。今までも。これからも」

ついに声すら聞こえなくなった。

それでも俺は風逢を感じていた。

「約束するよ。何度だって見つける。だからまた会おう」

返事はなかった。

ただ頬に微かな優しさを感じた。暖かい風のような優しさを。

その瞬間なにかがほどけ、意識が光の中に落ちていった。

○

コペンは百合と共にいた。喉の辺りを撫でられ、気持ちよさそうにしている。

「あなたは一緒に帰らなくていいのかしら?」

百合の問いにコペンはにゃーと答えた。

「ああそうね。これは人が創り出したものだからあなたには関係なかったわね」

百合は自分の白い手にじゃれつくコペンを見つめ、優しく微笑んだ。

「もしかしたら人の世界は猫の創った箱の中なのかもしれないわね。きっと可能性という箱に入れられてるのは人の方なんだわ」

百合はコペンを抱き上げた。そして遠い昔に別れた異国の男を思い出す。

「あなたが探し出してくれたら、私は箱から出なくてもよかったのかもしれないわね」

また一人になった世界で百合は少し寂しそうな顔をした。

するとコペンが百合の顔をぺろりと舐める。不意を突かれ、百合は面白そうに笑った。

「あなたにキスされても私は透明なままなのね」

笑いかけられてもコペンはただにゃーと言うだけだった。

「さて」と呟き百合は振り返った。

そこには小さな人影が待っていた。ランドセルを背負い、野球帽をかぶった男の子だ。

「あなたも一緒に帰ってもよかったのよ？」

百合の問いに男の子は無言でかぶりを振った。それを見て百合は肩をすくめる。

「そう。なら一緒に行きましょうか」

世界は広い。ここでなら周りも時間も気にせずいくらでも旅に出られる。

それなのに百合がこの街に居続けたのはエドワードの存在が大きかった。しかし彼もまた、別の道を歩み始めることを決めた。本格的な旅に出るには最適なタイミングだ。

ようやく本当の意味で自由になれる。何者にも縛られず自分の人生を生きていけるのだ。

百合はこれからのことを思うと嬉しくなって一人ではにかんだ。

コペンはそんな百合を見上げてにゃーと言った。

それを聞いてランドセルの男の子がボソリと呟く。

「お礼……するって……。ウインナーの」

「そう。それがあなたの選択なのね」

コペンはにゃーと答えて着地した。

百合はどこからか紙とペンを取り出し、走り書きするとそれをコペンの首に付けられたたまきに結んだ。

「あの子達のこと頼んだわよ」

コペンはこくんと頷き、百合と少年に見送られて歩いていった。しかし光の隙間を抜ける途中で蝶々を見つけて振り返ってしまう。

「あ」と百合が言うのが聞こえたと思ったらコペンを取り巻く景色が一変した。

気付くとコペンは白銀の世界で目をぱちくりとさせた。

隣にはモフモフの毛をしたペンギンの赤ちゃんが寒そうにしながら立っている。

コペンはしばらくの間よちよちと歩くペンギンの群れを見つめ、ぶるりと体を震わせ、くちゅんとくしゃみをした。

南極だった。

エピローグ

十二月の神戸《こうべ》は例年通り寒かった。

すっかり日が落ちた三宮《さんのみや》駅前をたくさんの人々が行き来する。

気づいたら今になっていた。ふとそんな感覚に陥った。

今の今まで眠っていて、ようやく起きたような気分だ。たった今生まれた気すらする。

今日はクリスマスだってのに全く嬉しくない。

少し前に模試の結果が返ってきた。自分でもびっくりするほど悪かった。

当然と言えば当然だ。俺にはこの一か月の記憶がほとんどないからだ。

覚えているのは勉強もせず黒田《くろだ》や桜《さくら》と遊び回ったことだけ。この時期にどうしてそんな馬鹿なことをしたのかは皆目見当もつかない。

なにより傍《はた》から見れば危機的状況なのに、変な達成感があることが問題だった。

明日から冬休みだ。なんとかそこで取り返さないといけない。

頭では分かってるんだけど、他にもやらないといけないことがある気がした。それがなんなのか分からないからもやもやする。

死角に大切なものがあるみたいだ。それは常に俺の背後に回って見ることができない。よくは分からないけどそんな気持ち悪さがあった。

歩道橋に差し掛かるとなぜか俺は顔を上げていた。いつもなら目線を下げながらぼんやりと前を向いて歩いてるのに、今日だけは欄干の上が気になった。

でもなにかがあるわけでもない。訳の分からない情けなさが心の奥から滲《にじ》み出てきた。泣きそうになって俺は益々混乱し、目に浮かんだ涙が零《こぼ》れないように空を見上げる。

都会の夜空は光で溢れ、まともな暗闇が残っていなかった。

歩道橋からは工事中の高い駅ビルがよく見えた。なぜか俺はあのビルに惹《ひ》き付けられた。だけど、それがなぜなのかは視界から消えても分からない。

この街をどれだけ見回しても俺の見たい景色はなかった。


それから目まぐるしく時間が過ぎていった。

冬休みは家と予備校の往復で、勉強して食べて寝るだけの生活が続いた。

冬休みが終わるとすぐにセンター試験があり、私立の入試があり、国立の入試があった。

高三の三学期はあっと言う間に過ぎていき、そして明日、卒業式を迎える。

第一志望の国立はダメだった。結果発表はまだだけど感触で分かる。到底無理だ。第二志望で受けた京都の大学は受かったけど行かないことにした。

理由は遠いから。電車とバスで一時間以上かかる。そんなのは金と時間の無駄だと親を説得して、結果的に第三志望で受けた地元の大学に行くことにした。

父さんは渋っていたけど、母さんは弁当を作るのに早起きしなくてすむと喜んでいた。

その選択に驚いていたのは他でもない俺自身だった。俺にこれほどの地元愛があるとは今の今まで知らなかったくらいだ。

俺にはこの街でやるべきことがある。そんな気がした。だけどそれがなんなのかは分からない。自分の人生を決めるほど大事なことだった気がするのに記憶から抜け落ちている。

卒業式前日。俺達はいつも通り音楽準備室で昼食に集まっていた。

最近妙に右の手首に重さを感じる。それは羽根くらいの微かな重さで、だけど何度見てもなにもなかった。

俺が窓の外に広がる青空へ向けて手を伸ばしてから嘆息すると、桜が心配そうにした。

「なんか最近ずっと元気ないよね。風邪《かぜ》でもひいたの？　保健室行く？」

「いや、そういうのじゃないんだよ……。その、迷子にでもなった気分というか……」

抽象的な説明に桜と黒田は顔を見合わせて苦笑した。

「なんか迅《じん》がそういうこと言うの珍しいよね」

「あんまり落ち込むなよ。まだ国立に落ちたって決まったわけじゃないんだろ？」

励ましてくれる黒田には悪いけど俺が落ち込んでいたのは受験のせいじゃなかった。

日常になにかが欠落していた。せっかく見つけた宝物を存在ごと失ったみたいだ。

俺が溜息をつくと、桜が明るく笑いかける。

「ねえねえ。卒業旅行どこ行くか決めた？　やっぱり東京とか沖縄？」

「東京行ってどうすんだ？　お台場《だいば》とかネズミの遊園地とかか？」

「あたしはライブハウス巡りしたいけど」

俺としてはあまり乗り気がしない話だった。

「なあ。前にも言ったけど、そういうのは全部終わってから四人で考えようぜ」

すると二人はきょとんとした。

「四人？」

「あと一人は誰だ？」

俺もぽかんとする。

あれ？　なんで四人なんだ？　他に誰かいたっけ？

いた気がした。少し前までそこに座って楽しげに笑っていた気がした。

だけどそれが誰だか分からない。思い浮かべようとしても透けてしまう。

その記憶にだけ鍵をされているみたいだ。しかもその鍵を俺は持っていない。

「………あ、いや、言い間違えた。三人な」

「なんだよ。びっくりさせるなって。お前にだけ誰か見えてたのかと思ったぞ」

でかい図体の割に小心者の黒田は胸を撫で下ろした。

俺は作り笑いを浮かべて「悪い」と謝る。それでも頭にかかった靄《もや》は消えなかった。

「知ってる？　南極にも猫がいるらしいよ。少し前に南極の基地で見つかったって」

「へえ。なに食って生きてるんだろうな？」

二人がニュースの話をしてる間、俺は窓から見える風景になにか物足りなさを感じていた。校庭には誰も座ってない古いベンチが置いてある。それを見てなぜか寂しくなった。

卒業式の朝。今日で高校も終わりだってのにまだやり残したことがある気がした。

いくら寝てもこのもやもやが晴れない。むしろ霧は濃くなっていく感じだ。

「……分からん」

俺がリビングで嘆息してると、母さんがコーヒーを持ってきて苦笑いを浮かべる。

「あら。まだ受験のこと気にしてるの？　頑張ったんだからいいじゃない」

「……うん。まあ、そうだけど」

「入学式のためにスーツ買わなきゃね。あ。お父さんのも一緒に買えば安くなるかも」

母さんが呑気《のんき》に笑う一方で父さんが俺を睨んできた。

「遊んでばかりいるからだ。これに懲《こ》りたら就職の時はもっと真剣にやれ」

「……分かってるよ」

父さんとは桜達とライブハウスに行ったのがバレてから気まずいままだった。

スマホは戻ってきたけど、あれ以来受験が終わるまで外出の禁止を言い渡されてる。

……あれ？　なんでスマホ返してもらえたんだ？　……まあいいか。

朝食を食べ終えるとお腹は満たされたけど、やっぱり心は空っぽなままだった。

玄関のドアを開けると積もっていた雪が解けて水たまりがキラキラと輝いていた。

そこに今の状況を抜け出すなにかを感じたものの、結局その正体は分からなかった。

後ろから母さんがやってきて言った。

「じゃあ、あとでね。帰りは一緒に帰るの？」

「いや、多分黒田達とどっか行ってからだと思う。じゃあ、いってきます」

俺はそう言って、最後の高校に向かった。

学校に近づくと歩きながら思った。高校を卒業すればこの辺りにも来なくなる。べつになにか特別な場所があるわけじゃないけど、それでも少し寂しくなった。

これから先、なにが待ってるんだろうか。大学に行けばこの気持ちは晴れるのか。

その問いに対する俺の答えはノーだった。人を変えられるのは出会いだけだ。

黒田や桜みたいに好きなものに出会うか、それとも人生を変えるような誰かに出会うか。そのどちらかと出会わなければ人は変わらない。変われないんだ。

いつもの道を歩いていてもなにかが足りない。どこか鮮やかさが欠如して思えた。

空も海も街もある。学校に行けば黒田も桜もいる。家には母さんと父さんがいて、今日は卒業式で、明日から春休みだ。それが終わったら大学生活が始まる。

俺が生きていくための全てがあった。でも俺を活かしてくれるなにかがなかった。透明ななにかが。

もうすぐ新しい生活が始まるのにワクワクしない。結局どこかで見たことがある光景の連続が待ってる気がした。

そんな生きているだけの日常から抜け出すなにかと俺は出会った気がした。

自由で、奔放で、優しくて、いるだけで世界の見方を変えてくれるような誰かと。

俺の隣をママチャリが走り抜けていった。俺はハッとして顔を上げる。

荷台に誰かが座っていた気がした。だけど、いくら見てもなにもいなかった。

「……なんなんだよ」

苛立《いらだ》ちと虚《むな》しさだけが積もる中、俺は学校へと続く坂道を登っていった。

坂を登り終えて少しすると校門が見えてきた。

この学校も今日で見納めかと思っていると体の大きい体育教師が睨んでくる。

「押部《おしべ》。卒業式の時くらいパーカーはやめろ」

「……おはようございます」

俺は辟易《へきえき》としながらいつも通りフードを制服の中に隠して進んだ。

ちらりと振り向くと体育教師は眉根を寄せていた。俺は最後ぐらいはいいだろうとフードを再び出してポケットに手を突っ込み走り出すと後ろでなにやら叫んでいた。

担任から簡単な挨拶《あいさつ》があったあと、俺達は卒業式のために講堂へと向かった。

その途中、ふと校舎を見上げると屋上の壁だけが新しく塗り替えられていた。

俺の視線に気付き、桜も同じように顔を上げる。

「ああ、あれ描いた子、見つかって謹慎になったんだよね」

「そうだったか？」

「うん。さすがにもう戻ってきてるとは思うけど。それにしても大胆な子だよねえ」

感心する桜の隣で黒田は「迷惑な奴がいたもんだ」と呆れていた。

そんな大事件があったのに俺はあまり覚えてない。その子のことは知らないけどその奔放さが羨《うらや》ましかった。

同時になぜだか分からないけどあの下に本当に大事なものがある気がした。

うちの学校は創立百年ほどの古い学校だから講堂も木造だ。

横に長い木製ベンチは傷だらけで、座るとひんやりと冷たい。窓枠にはステンドグラスが嵌《は》められて一見洋風なのに、建物の隣には小さな古墳があったりもするから神戸らしい。

今日は洋風の外観やキラキラと輝くステンドグラスを見て妙な懐かしさを感じた。

つい最近、俺はこれに似た景色を見ていた気がする。

でもどこでだ？　桜と二人で行ったルミナリエか？　二人で？　もう一人いた気がする。楽しそうに笑う誰かが。

頭の中が混乱してきた。あるはずのものがなくて、ないはずのものがあるみたいだ。

気づくと俺は辺りを見渡していた。さっきから何度も繰り返している。

俺は誰かを探していた。だけど誰を探しているか自分でも分からない。

桜は隣にいるし、黒田も近くにいる。なのに視線は自然と二年生の方へと向いてしまう。

だけど誰を見てもなにも思わなかった。

体が俺のものじゃないみたいだ。まるで中身をごっそり似たなにかに移し替えたような。

そんな歯がゆさだけが増していった。体中がむずかゆい。特に右足の方でもぞもぞと。

「……って、え？」

さすがに変だなと感じた俺は足下を見つめた。

するとそこには俺の足に体をこすりつける白い子猫がいた。

目が合うと子猫はにゃーと訴えかける。

その声に周りが気付き、周囲の視線が一斉に子猫に集まった。

隣では桜が驚いている。

「あれ？　なんでこんなところににゃんこがいるの？」

「いや、俺に聞かれても……っておい！」

周囲がざわつく中、白い子猫は俺の足をよじ登り、腹をよじ登り、そして肩に辿り着くとそのままパーカーのフードに潜り込んだ。

「コペン！　さすがに学校ではやめろ！」

……え？　なんで俺、こいつの名前知ってるんだ？

一瞬いつか見た洋館を思い出した。不思議に思って俺は子猫を摑んで顔の前まで持ってくる。子猫は上下逆さまになってまたにゃーと言った。

首輪をしていた。赤い紐だ。たしかに見覚えがある気がした。

それが揺れた瞬間、どこからか声が聞こえた。

『これで迷子になってもちゃんと見つけてもらえるね』

姿形は思い出せないけど笑ってるのは分かった。

俺はその笑顔を知っている。それは心の奥でずっと探していた笑顔だった。

焦燥感だけが大きくなっていく。今すぐ走り出したいけど、行き先が分からない。

周囲は益々騒がしくなって、視界の端で教師が俺に怒っていた。

だけど耳にはなにも入って来ない。周りの声なんてどうでもよかった。

そんな中、俺はコペンの背中になにかを見つけた。

ひっくり返して見てみると、首輪にボロボロになった白い手紙が結びつけられている。

コペンがまたにゃーと言うので俺はそれを取って開いた。

そこには見たことのないマークが描かれていた。女子トイレのマークみたいなのが左に指をさしている。

その上には英語で『SHE IS THERE』と書かれていた。

彼女はそこにいる？

彼女？　彼女って誰だ？

「…………風逢《ふわ》」

無意識のうちに口からこぼれた二文字が俺をハッとさせた。

風が吹いた。

締め切っていた講堂の中を冬にしては暖かい風が形まで分かるほど力強く吹いた。

風は自由に吹き荒れ、辺りは騒然とする。

周りが半ばパニックになる中、俺はマークと英語の意味を考えていた。

不完全ながら少しずつ記憶が蘇る。

洋館。ルミナリエ。ビルの屋上。百合《ゆり》さん。そして透明人間。

その断片を必死でかき集めていく。姿の見えない誰かを探すような、そんな作業を続けていくと、頭にかかった靄がゆっくりと晴れていった。

そして最後に俺は見つけた。

「……そうか。そうだったんだ」

俺は立ち上がり、隣でポカンとしている桜にコペンを渡した。

「ちょっとこいつを預かっといてくれ」

「え？　どうしたの？　ねえ迅!?」

桜の心配そうな声とコペンがにゃーと言うのを背にして俺は走り出していた。

二年生のところに向かうとみんな目を丸くしていた。だけど誰を見てもなにも感じない。

風逢はここにいない。それに俺は安堵《あんど》した。

よかった。風逢はまだ自由なんだ。透明人間でなくても、風逢は風逢のままだった。

俺が再び走り出そうとすると体育教師がおっかない顔でやってきた。

「押部！　どこに行くつもりだっ！　早く席に戻れっ！」

生憎《あいにく》誰になにを言われても俺は止まる気なんてなかった。

無理矢理突破しようとしたところ、黒田が飛び出してきて教師を押さえ込んでくれた。

「なんだお前はっ!?　放せっ！」

黒田は驚いて体をよじる教師に放すまいとしがみついた。

「迅っ！　行けっ！　やりたいことがあるならやってこいっ！」

「おう。助かる」

俺は黒田が作ってくれた隙間をすり抜け、出口に向かった。

あと一歩で外に出られるってところで後ろから大声が飛んできた。

「お前はこんな時になにをしているっ！」

振り向くとスーツ姿の父さんが憤然と俺を見つめていた。後ろでは母さんも不思議そうにしている。周りの生徒も大人達も皆が戻るべきだという空気を創り出す。
俺はもう大人で、今は卒業式で、その行動のせいで気を悪くする人がいる。
その全てを理解した上で、俺は息を整えてから静かに告げた。
「風逢が待ってるんだ。だから、行くよ」
それだけ言うと俺は踵《きびす》を返した。
「待て！」
走り出すと父さんがそう叫ぶのが背後で聞こえた。
校門から外に出るといつの日か感じた解放感が蘇る。
風逢に分けてもらった自由を感じながら俺はひたすらに足を動かした。
体の中で生まれた熱が白い息となって後ろに流れていく。
まだ風逢の姿を思い出せない。だけどそれは問題じゃなかった。
大事なのは俺が自分の意思で走ってるってことだ。
行きたいところに向かってるだけで生きてる気がして、世界が輝いて見えた。
全部風逢が俺を見つけてくれたからだ。
なのに俺はまた風逢を見つけてあげられなかった。
考えてみれば簡単なことだ。

コペンと会った時に神社で見つけた透明人間のマーク。あの発端が百合さんだとしても、何十年も前に描いたものが前日に雨が降った土の上にそのまま残されてるわけがない。

つまり、あれを描いたのは風逢だったんだ。

風逢はずっと呼んでいたのに、俺はまたそれに気付いてやれなかった。

坂の手前を曲がると鳥居が見えてきた。それをくぐると俺は走るのをやめて息を整える。

なんて言えばいいとかそんなことはどうでもいい。

今さら体裁なんて気にしてどうする。

やりたいことも、やるべきことも、全部風逢と出逢えたから見つけられたんだ。

ずっと自分を見失っていた。どこに向かっているかも分からずに死んだまま生きていた。

周りに人がいてもどこか孤独を感じて、この世界に馴染めずにいた。

風逢と出逢ったあの日、俺は初めて自分を取り戻せたんだ。

あのマークはたしか展望台の方に……いた。

ヘッドホンをした少女が風に髪をなびかせながら佇《たたず》んでいる。

その向こうでは青空に白い雲が浮かび、足下には斜面に沿って街が海まで伸びていた。

雲間から日差しが伸びると街と少女を照らしていく。

少女は確かに世界の中にいた。小さな体でしっかり立っている。

少女まであと二歩というところで俺は足を止めた。

すると少女は振り返り、ヘッドホンを首にかけて俺を見上げる。

目が合うと、自然と声が出た。

「……見つけた」

風逢は少し目を見開き、そして涙を浮かべてはにかんだ。

「やっと見つけてくれたね」

風逢は俺に近づくとすっと背伸びをした。

音楽プレイヤーからコードが抜け、アコースティックギターの音色が奏でられる。

唇を重ねたその瞬間、世界が変わった気がした。

※この作品はフィクションです。実在の人物・団体・事件などにはいっさい関係ありません。

集英社オレンジ文庫をお買い上げいただき、ありがとうございます。
ご意見・ご感想をお待ちしております。

● あて先
〒101-8050　東京都千代田区一ツ橋2-5-10
集英社オレンジ文庫編集部 気付
猫田佐文先生

集英社
オレンジ文庫

透明人間はキスをしない

2021年3月24日　第1刷発行

著　者　猫田佐文
発行者　北畠輝幸
発行所　株式会社集英社
〒101-8050東京都千代田区一ツ橋2-5-10
電話【編集部】03-3230-6352
【読者係】03-3230-6080
【販売部】03-3230-6393（書店専用）
印刷所　図書印刷株式会社

※定価はカバーに表示してあります

ISBN 978-4-08-680372-4 C0193

集英社オレンジ文庫

髙森美由紀

柊先生の小さなキッチン

初めての彼氏にふられ、食欲不振の一葉。
アパート「万福荘」のお隣に
引越してきた家庭科教師の柊先生に
ポトフを頂いたことで荒んでいた
生活がしだいに元通りになっていく…。
そしてアパートには続々と個性的な住人が…？